異世界に放置ゲー理論を持ち込んだら世界最強になれる説

houchi game riron

［1］

[author]
杯 雪 乃
SAKAZUKI YUKINO

[illust.]
フルーツパンチ

CONTENTS

異世界に放置ゲー理論を持ち込んだら世界最強になれる説

[1]

Yukino sakazuki / Fruits punch / HIFUMI SHOBO

第一章　転生

異世界に放置ゲー理論を持ち込んだら世界最強になれるんじゃね？

異世界に転生した（と思われる）俺は、ベッドに寝転がりながら世界の真理を悟る。

放置ゲーム。

それは、仕事に追われ、学業に追われる現代日本において根強い人気を博するゲームジャンルだ。

ユーザーが常に何か操作するのではなく、ゲームの画面を一定時間放置することによってゲームの状況が変化し、そこにユーザーが何かしらの操作を行うことでゲームが進行する。

スマートフォンが普及したことで台頭してきたジャンルでもあり、有名なゲームになると三〇万人以上のユーザーが今日も放置にいそしんでいるのだ。

ソシャゲなので、課金したやつが強いのはご愛顧。だが、やった時間《play to win》が正義なのは間違いない。

俺もそんな放置ゲーの一ユーザーでありながら、放置ゲーを開発する側のプログラマーとして働いていたはずなのだが……気付いたらこのベッドで寝ていたのである。

「あうあうあー」

異世界に転生して一年目。ゼロ歳児の俺は、一昔前の中世ヨーロッパのような天井を見つめながら今後のことを考える。

まずはこの世界のことを知らなければ。娯楽として異世界転生系の物語を読んでいたこともあって、自分が異世界転生したことはすんなりと受け入れられた。

地球の俺は死んでしまったのだろう。死因はおそらく過労死。

〝労基？　ナニソレオイシイノ？〟と言わんばかりにブラックな仕事場だった。

四徹したあと、三時間だけの仮眠を取って追加の二徹をすれば誰だって死ねる。

え？　身体が弱いって？　なら同じことをしてみやがれ。命の保証はできないがな！

あのクソブラック会社はさっさと潰れてしまえばいい。

さて、俺の前世の話はこのへんにしておこう。このままでは、一生愚痴ってしまいそうだ。

神の御意志なのかそれとも世界の狭間から落ちたのか。どんな因果かは知らないが、こうして俺は新たな人生を歩むこととなった。

ならば、楽しむべきだろう。放置ゲームのように、人生を放置しても金がじゃんじゃん入ってくる楽な人生を歩みつつ、世界最強を目指すのだ。

そのためには、さきほど言った通りこの世界のことを知らなければならない。

「あーうーあー……」

ゼロ歳児の体は不自由であり、成長のために多くの睡眠が必要。そろそろおねむの時間か。

願わくば、前世のような学歴社会の世界じゃありませんように。

俺はそう願いつつ、瞼を閉じるのであった。

◆　◆　◆

時の流れとは早いもので、あっという間に三年が過ぎた。

異世界生活にもある程度慣れ、前の世界の文明がいかに便利だったのかを改めて感じる。

整備された水道もなければ電気が通っているわけもない。

これだけで、前の世界がいかに優れた文明だったのかがよくわかる。

「あらジーク、またその本を読んでるの？」

「あい！」

炎を連想させる深紅《しんく》の長髪と瞳。その美しさから、すれ違えば誰もが二度見してしまうほどの存在感を放つ俺の母シャルルは、俺が床に広げて見ていた本を取りあげた。

あぁ、魔術基礎の本が。

「ジークの様子を見に来るといつもこの本を広げているわね。でも、何が書いてあるかわからないでしょう？　私が読んであげるわ。ほら、ジーク。こちらへ来なさい。脚の上に座るのよ」

「やった！」

お袋はそう言うとあぐらをかき、そこにできた窪みへ俺を座らせる。

ちなみに、俺の名前はジークだ。

竜殺しを成し遂げた英雄ジークフリードの名から取っており、この世界では一般的な名前らしい。

よかった。自分の子にキラキラネームを付ける親じゃなくて。

「懐かしいわね。私も昔はよく読んだわ」

「かあさんも、よんでたの？」

「えぇ、内容を全て暗記できるぐらいには読んだわ。正直、読んでいた頃はつまらなかったけど、今思うととても大事なことだったわね」

どこか懐かしそうな声でそう言いながら、俺の頭を優しくなでるお袋。

お袋は元冒険者の魔術師だ。

冒険者というのは、簡単に言えばなんでも屋のような職業である。あるときは街の掃除をし、あるときは街の外に薬草を取りに行き、あるときは魔物とよばれるモンスターを狩る。

それが冒険者だ。

俺はこの職業を知ったとき、かなり興奮したのを覚えている。

〝想像していた異世界だ！〟と。

親父もお袋と同じく冒険者だったらしく、お袋と結婚したのを境《さかい》に引退。今は小さな料理店を営んでいる。

経営状況も良好。冒険者時代に仲良くなった人たちが来ては飯を食い、店に顔を出した俺を可愛がる。

どこの世界でも、子どもは可愛がられるようだ。

そして、魔術師。

魔術師は、魔術を行使できる者たち全般を指す。弛《たゆ》まぬ訓練と一握りの才能がなければ行使することはできないらしいが、お袋はそれをさも当然のようにやってのけるので、具体的な難易度がいまだにわかっていない。

自分でやってみてもいいが試してみたら死にましたとか笑えないので、まずは知識を仕入れるところから始めている。

「ジーク、魔術はどのようにして行使するのか知っているかしら？」

「まりょくをつかって、まほうじんをかく。そしたら、まじゅつがつかえるよ」

「あら、ただ眺めていたわけじゃないのね。ちゃんと読めているわ。文字なんて教えたかしら？」

すまんなお袋。文字は死ぬ気で覚えたんだ。

家にあるメニュー表とたまに聞こえる客の注文から、大雑把に文字の当たりを付けたのだ。

他にも、お袋や親父がちょくちょく本を読んでくれるので、それらの記憶を頼りに文字を当てはめるのである。

子どものスポンジのような吸収力と本来持つ大人の思考力により、普通の子どもよりも圧倒的に早く文字を読めるようになったのだ。

もちろん、お袋は俺が三歳児だと思っているので文字が読めることに驚いていた。

「すごいわねジーク。もう文字が読めるなんて天才よ？」

「うぃ？」

「……ふふっ、そんなに可愛く首を傾《かし》げてもダメよ？」

お袋は俺の頬をつんつんと突《つつ》きながら、聖母のような笑みをこぼす。

俺はまだ三歳児。あまり年齢離れした言動はしないほうがいい。たびたび自分の年齢を忘れて普段通りにしていることがあるので、手遅れかもしれないが。

お袋は俺の頬を突いて満足したのか、魔術の話に戻る。

「ジークが言った通り、魔術とは体内に宿る魔力を使って空間に魔法陣を描くことでその力を発揮するの。こんなふうにね〝灯火《トーチ》〟」

お袋が人差し指を立てると、指先から魔法陣が出現し小さな火種が現れる。

何度見ても不思議な光景だ。何もない空間から魔法陣が現れ、火が灯る。

現代日本に生きてきた俺からすれば、この光景だけでテンションが上がるというものだ。

いつの日か、俺も魔術を使える日が来るのだろうか。

お袋は、目をキラキラと輝かせる俺の頭を優しくなでると火を消す。

「これが魔術よ。魔術を行使するためには、魔力を感じる必要があるわ。ジーク、自分の中にある魔力を感じられる？」

「ん？　……んー？　わかんない」

俺は、魔力なんて概念がなかった世界に生きてきた人間だ。魔力を感じるなんてできるわけもないが、もしかしたら無意識のうちに感知しているかもしれないので〝わからない〟と返しておく。

お袋は〝まぁ、わからないわよね〟と言うと、俺を一旦脚からどかして、とある本を持ってきた。

「ジーク。魔術を行使するには、魔力を感じることができるようにならなければいけないの。この本を読んで、まずは魔力とはなんたるかを理解しなさい。あなたは賢いから、きっとできるはずよ。私は仕込みがあるからちょっと行くわね。何かあれば、店の方に来てちょうだい」

「あい！」

俺が舌足らずな返事をすると、お袋は〝いい子ね〟と言って俺のおでこにキスをして部屋を出ていく。

本音を言えば、まだ文字を読むのは疲れるので本を読んでほしいのだが、偉大なる両親は俺を育てるために働いてくれているのだ。

あまりわがままは言えない。

大人になって気が付く親の偉大さ。今世では生まれたときから感じるとは。

できれば楽をさせてやりたいものだ。異世界知識チートとかできるかな？

「このほんからよむか……ほうちげーのりろんまでいくのに、どれだけじかんがかかるのやら」

〝魔力の基礎〟と表紙に書かれた本。先に魔術の知識を頭の中に入れてしまっているので順序が逆になってしまっているが、やることは変わらない。

俺は誰もいない部屋でポツリと呟くと、お袋に渡された本を開くのだった。

◆　◆　◆

五歳になった頃。俺は自室で瞑想をしていた。

既に自身の体内にある魔力を感じることに成功し（半年もかかった）、今は魔術の基礎となる魔力操作の修行をしている。

体内に流れる魔力を感じつつ、それを自由自在に好きな場所へと動かしていく。

最初は頭から腕へ、腕から足へと流れるように魔力を移動させることすらできなかったが、一時《ひととき》も休むことなく一年半もの間魔力操作をしていれば嫌でも上手くなる。

今となっては、体のどこへでも自由自在に魔力を動かせるようになっていた。

寝ているときですら魔力操作をしていたからな。昔お袋が魔力操作の訓練に使っていたという、魔力操作を続けないと軽い電気ショックを喰らう魔道具をこっそり盗みだして、寝ているときも修行したのだ。

最初の頃は寝ることもままならなかったが、今ではぐっすり安眠である。

今は魔力操作の応用となる、自分の体内から切り離した魔力を操作する練習に励んでいるところだ。

体内や自分に触れている魔力の操作は己の手足を動かすかのように簡単にできるようになったが、自分から切り離した魔力を動かすのは本当に難しい。

俺は放出系ではないのか……

難しさを例えるならば、自分の息だけで人形を動かしている感覚だ。自らの手を使って人形劇をやるのではなく、息を吹きかけるだけで人形劇をやるのである。

この例えで、少しは俺のやっていることの難しさが伝わるだろうか。伝える人いないけど。

集中力を切らすことなく何時間も切り離した魔力と格闘していると、コンコンと俺の部屋の扉がノックされる。

ノックした主は、俺が返事をする前に勝手に部屋へ入ってきた。

「また魔力操作の練習か？　本当によく飽きないな」

「うん。魔術の行使に魔力操作は必要不可欠な要素だからね。土台ができてないのに、高い場所に手は届かないよ」

「確かにジークの言う通りだな。俺がガキの頃は魔力を感じ取れた時点で魔術に手をだしたぜ。もちろん、全くできなかったけどな」

「そりゃそうでしょ。それでできたら、父さんは今頃大賢者様にも匹敵する魔術師になってるよ」

「ハッハッハ！　ちげぇねぇ！」

腰に手を当てながら豪快に笑うこの男が、俺の父親であるデッセンだ。

おっさんらしく顎鬚《ひげ》を生やしたナイスガイでありながら、料理の腕前はプロ。鍛えあげられた肉体と、オールバックの青い髪。そして、中二病患者が憧れる青と赤のオッドアイが特徴的だ。

俺は親父の血を濃く受け継いだのか、髪は青をメインとして赤色のメッシュがいくつかある程度。

しかし、黒髪や金髪が主な髪色である地球出身からすれば〝なんだこれ。めちゃくちゃかっけぇ！〟と興奮するものだ。

残念ながら目は赤一色だが、これはこれでかっこいいので満足している。

親父は魔力操作の修行をしていた俺を無理やり抱きあげると、家の裏にある小さな庭へと歩いていく。

「父さん。俺は魔力操作の練習をしているんだけど？」

「んなもん見りゃわかる。が、家に引きこもっていては身体鈍るぞ。少しは外で遊べ。父さん、今日は暇だから付き合ってやるよ」

「遊んでほしいの間違いでしょ。どうせやるのはチャンバラでしょ？」

「ハッハッハ！　そうとも言う！」

親父は元剣士の冒険者だ。

引退する前は、剣と盾使いの基本に忠実な剣士だったらしい。見た目や言動からは想像がつかないが、親父は戦いになると一定以上の安全マージンを確保しながら戦うそうだ。

だからこそ、殉職者が多い冒険者という職業でもやっていけたのだろう。

そんなベテラン冒険者であった親父は庭に着くと俺を下ろし、壁に立てかけてあった木剣を手に取る。

一つは俺が、もう一つは親父が持った。

「どうせジークも冒険者になるんだろ？　なら、今のうちに剣についても知っておくべきさ。知っているのと知らないのとでは全く違うからな」

「耳にタコができるほど聞いたよ。そのセリフ」

親父もお袋も、俺が冒険者になると信じて疑わない。蛙の子は蛙というやつだ。

実際なるつもりだし、せっかく異世界に来たのだから世界を見て回りたい。この世界には様々な種族が存在しているらしく、異世界の定番種族であるエルフやドワーフなんかもいるらしい。

俺が住んでいるこの国、シャールス王国にも多種多様な種族が暮らしているのだとか。

残念ながら、この小さな街エドナスのこぢんまりとした店を訪れるのは人間ばかりだが。

「それに、魔術や剣の練習をするだけじゃダメだぞ。レベルもちゃんと上げないとな」

「それも、何度も聞いたよ」

肩に剣を乗せた親父が、そんなことを言う。

〝レベル〟。ＲＰＧをやったことがある人なら絶対に聞いたことがあるこの概念は、この世界にも存在している。

レベルは一定以上の魔物を倒すことで上がり、レベルが上がることで身体能力や魔力が向上するのだ。

もちろん、レベルを上げる以外にも身体能力や魔力を向上させる方法はあるのだが、一般的に一番効率がいいとされているのがレベルを上げることである。

しかし、レベルという概念があってもステータスという概念はない。レベルは自分の意志によって確認することができるが、自身の能力を数値化するステータスはいくら念じても出てこなかった。

まぁ、放置ゲーをした成果を確認できる方法があっただけよしとしよう。

俺のレベルはもちろんレベル１。親父はレベル15で、レベル15以上になればベテラン冒険者と呼ばれるらしい。

このレベル15がどれほどすごいことかはわからないが、少なくともレベルが15もあれば一人旅をすることはできそうだ。

「でも、レベルを上げるだけじゃダメなんでしょ？」

「そうだ。レベルはあくまでも身体能力の向上や魔力量を増やしてくれるだけ。技術は自分で磨かなきゃいけない。だから、俺と剣の修行もしようというわけだ！　行くぞ！」

親父はそう言うと、俺に近づいて剣を振り下ろす。

さすがに五歳児の息子に本気で剣を振るうことはないので、俺は余裕を持って親父の剣を受け流した。

が、俺に剣の技術はない。衝撃を受け流したつもりではあったが、実際は全く威力を受け流せず全身に重い衝撃が走る。

「……っ！」

「剣を受け流すときは相手の剣をよく見ろ！　正面で受け止めてから受け流すのは意味がないぞ！　相手の攻撃を受け流すときは、必ず体ごと流せ！」

親父はそう言いながら、再び同じ軌道で剣を振るう。

俺はさきほどよりも傾斜をつけて剣の腹で受け止めると同時に、親父の助言通り右足を引いて体ごと剣を受け流した。

するとさきほどとは違い、重い衝撃が全身を襲うことなく滑らかに剣が流れていく。

多少の衝撃はどうやっても受け流せないが、一回目とは大違いだ。

「やっぱりジークは剣の才能があるな！　言われてすぐにできるとは、さすがは俺の子だ！」

親父は満面の笑みで喜ぶと、そのまま滑り落ちた剣を俺の剣の下に潜らせて跳ね上げる。

「あっ」

受け流せたことに満足していた俺は、手から剣がすっぽ抜けてしまった。

カランと剣が地面に落ちる。俺は急いで剣を拾いに行こうとしたが、親父がその行動を許してくれるはずもない。

素早く俺の前に立った親父は、俺の頭の上にコツンと優しく剣を置いた。

「初めてできたことを喜ぶのはいいが、戦闘中に気を抜くのはダメだぞ。冒険者にとって、その油断は命取りになるからな」

「はい……」

「でも、気持ちはわかる。嬉しいよな、初めてできたことは。よくやったぞ」

親父はそう言うと、俺を抱き上げてジョリジョリとした髭を押し当ててくる。

誰かに褒められるというのは、やはり嬉しいものだ。親父もお袋もよく褒めてくれるから、やる気が出るし楽しい。

それはそうと――

「髭が痛いよ父さん」

「ハッハッハ！　俺の髭は硬いからな！」

少し抵抗してみるも、大人と子どもでは力の差は歴然。ましてやレベル差が14もある俺にこの状況を切り抜けられるわけもなく、大人しく痛みに耐えるのであった。

◆　◆　◆

身体が成長し、少しずつ思い通りに体が動くようになってきた異世界生活七年目。六歳となった俺は、ついに魔力の基礎を終えて魔術を行使してみることにした。

基礎を鍛えるのはいいが、結局のところ魔術が行使できなければ意味はない。

初めての魔術ということで、万が一何かがあっても自分の部屋を荒らさないように庭へ出る。

お袋と親父も俺のことが心配だったのか、ついてきてくれた。

これは心強いな。お袋は魔術師だし、上手く魔術が行使できなかったらアドバイスを貰えるぞ。

「ちょっと緊張するな。初めてジークが立ったときと同じような気分だ」

「なんであなたが緊張するのよ。普通、初めて魔術を行使する本人が緊張するものでしょ？」

「そうは言っても、俺は魔術師じゃないからな。自分の息子が初めて魔術を使うとなれば、緊張の一つぐらいはするさ。ちゃんとできるのかとか、シャルルは不安にならないのか？」

「不安がないと言えば嘘になるけれど、あなたほどではないわ。ほら、しゃんとしなさい。緊張がジークにまで伝染《うつ》るわよ」

俺が初めて魔術を行使することに対して、俺以上に緊張している親父とその姿を見て呆れるお袋。

普段は〝ハッハッハ〟と笑うような人なのに、今は笑顔を無理やり顔に貼り付けたかのように表情が硬かった。

なんで俺よりも親父のほうが緊張してるんだよ。

親父があまりにも緊張している姿を見たためか、俺の中にあった緊張がかなりほぐれてきた。

自分よりも緊張している人を見ると冷静さを取り戻すって本当なんだな。

ハッ！　親父もその心理を理解して俺の緊張をほぐそうとしている!?

……そんなわけないか。今の親父の顔は、とてもではないが俺に気を遣っているようには見えないしな。

「それじゃ、はじめるよ」

「最初はどんな魔術を使うつもりかしら？」

「最初は第一級水魔術〝水生成《クリエイトウォーター》〟を行使してみるつもりだよ。一番安全そうだしね」

「一番簡単な第一級魔術から試すのはいい判断よ。初めから派手な魔術を行使してみたいという気持ちはわかるけど、基礎の基礎もできてないのに行使するのは無謀もいいところだわ。偉いわよジーク」

第一級水魔術〝水生成《クリエイトウォーター》〟。

魔術には〝階級〟というものが存在しており、この魔術はその中でも最も簡単な魔術である。

魔術は第一級から数が上がっていくにつれて難易度も上がり、その分威力や効力が大きくなるとされている。

現在確認されている最大級の魔術は第一五階級とされているが、お袋の話を聞いた限り、お伽噺《とぎばなし》に近い。

旅に出て世界各地を巡ってみれば、いつの日かその真実を知ることができるかもしれないな。

あ、あと、魔術には〝属性〟も存在している。某黄色いネズミが出てくるゲームのタイプのように魔術にも属性があるのだ。

一般的に知られている有名な属性は、炎、水、風、土、黒、白の六つ。

この中で自分の才能に合った属性の魔術が使えるとされている。

運が良ければいくつもの属性の魔術を使えるし、運が悪ければ一つも使えない。

この初めての魔術行使は、ある種のギャンブルなのだ。それこそ、自分の今後を決めるほどの。

俺は息を大きく吸ってゆっくりと慎重に魔力を動かしながら、詠唱を始める。

イメージの具現化と魔力操作のサポートとして、詠唱をすることでスムーズに魔術を行使できるのだ。熟練すれば必要なくなるが、今の俺には必要不可欠な工程である。

「魔力よ、水となりてこの世界に顕現《けんげん》せよ。水生成《クリエイトウォーター》」

巧みな魔力操作と詠唱の補助によって、手のひらの上に魔力で描かれた魔法陣が浮かび上がる。そして浮かび上がった魔法陣から手のひらサイズの水が生成された。

「やった！」

おぉ！　できた！

生成された水を少し飲んでみる。正直、水の味などわからないが、心なしか普段飲んでいる水よりもおいしく感じた。

「やったなジーク！　冒険者としてぜひとも覚えたい魔術の一つ、水生成《クリエイトウォーター》を成功させたじゃないか！　これだけでグッと冒険者生活が楽になるぞ！」

「ジークには水魔術の才能があったみたいね。水魔術が使えるのと使えないのとでは天と地ほどの差があるわ。主に飲み水の確保が格段に楽になるから、基本どの冒険者パーティーも欲しがる人材よ。

特に新人冒険者は、水魔術を使える人がいるかいないかで今後の活動に影響が出るほどなのよ」

「その点でいえば、ジークは人気者になれるってことだな。だが気を付けろよ。冒険者の中には色んなやつがいるからな。ジークを騙して都合よく使おうとするやつもいる。もしパーティーを組むなら、信頼できるやつと組むんだぞ」

俺が初めて魔術を成功させたことに喜ぶ両親は、冒険者としての注意点を教えながらも笑顔で俺を抱っこしては頭をなでまわす。

特にお袋の喜び方は今までに見たことがないほどであり、聖母のような微笑みを見せながら俺のほっぺたを両手で包み込んでは愛おしそうにしていた。

ここまで喜んでもらえると、この二年間魔力操作をがんばったかいがあるな。

それにしても、水魔術が使えることは冒険者として大きなアドバンテージになるのか。

確かに、この魔術を行使できる者が一人いるだけでかなり楽になるだろう。飲み水を好きなときに出せるため、それだけ荷物は減らせるし川を探す手間も省ける。

もしかして冒険者として一番重要な魔術を手に入れたのではないだろうか。

「それにしても綺麗な魔力操作だったわね。毎日家に引きこもって魔力操作の練習をしているだけはあるわ。初めての魔術でここまで綺麗に行使できる人もそうはいないわよ」

「寝ているときも魔力操作の練習をしているからね。そりゃ上手くもなるよ」

「ジークは、俺が無理やり連れ出さないとずっと自分の部屋で魔力操作の練習ばかりだからな。同年代の友達すら作らず家に引きこもりっぱなしなのは親として心配だぜ」

「ジーク、少しは外に出て友達を見つけてみてはどうかしら？　人と話す術《すべ》も冒険者としては必要不可欠の要素よ？」

「……ま、魔術の訓練が終わったら探してみるよ」

正直、俺と同年代の子どもと話が合う気はしない。俺は見た目こそ六歳児だが、中身は大人なのだ。この店へ食べに来る冒険者たちと話すならともかく、まだまだ言葉足らずの子どもと会話できる自信がない。

だって六歳児といえば、小学一年生ですよ？　俺が小一の頃は、鼻水を垂らしながら真冬の運動場を半袖短パンで走っていた記憶しかない。

親父たちも俺が友達を作る気が当分ないと察すると、苦笑いをしながら俺の頭を優しくなでた。

「今すぐに必要なわけでもないし、追い追いがんばればいいさ。な？　シャルル」

「そうね。ジークは賢い子だし、必要になれば勝手にやるわ。ところでジーク。さっき寝ているときも魔力操作をしていたと言っていたけど、どうやって寝ているときも魔力操作をし続けていたと判断できたのかしら？」

「それはね、母さんが修行時代に使っていた魔力操作の道具をこっそり……あ」

しまった、はめられた！

俺は自分の失言に気付き慌てて口を閉じるが、時既に遅し。

恐る恐るお袋のほうに視線を向けると、そこには聖母のような微笑みから般若《はんにゃ》の形相に早変わりした鬼がいた。

やばい。同じ笑顔なのにめちゃくちゃ怖いんだけど。

「デッセン。ジークを下ろしなさい」

「お、おう……」

待って親父！　今俺を地面に下ろしたら鬼がやって来る！

しかし、どこの世界も旦那というのは妻の尻に敷かれるもの。

こういうときの親父は、お袋の言うことを聞くしかないのだ。逆らったら次は自分だからね。しょうがないね。いや、しょうがなくない。助けて親父！

「ジーク、正座しなさい」

「え、正座？」

「正座」

「は、はい」

有無を言わさぬお袋の圧に押され、自然と正座をしてしまう俺。

この世界にも悪いことをしたら正座させる文化があるのか……

そのあと、俺はお袋に小一時間も勝手に道具を持ち出し危険な使い方をしたことについて叱られるのであった。

あの道具、一歩間違えると大怪我する代物《しろもの》だったのね。ごめんなさい。

第二章　放置ゲー理論

　お袋が叱るときはめちゃくちゃ怖いということを知ってから一年近くは、魔術の基本をとにかく練習した。

　何事も基礎がしっかりできていなければ応用することはできない。四則演算ができないのに三角関数ができるのか？　答えはノー。足し算すらできない人間に、複雑な計算はできないのだ。

　そんな考えのもと、しっかりと一年間魔術の基礎的な知識や行使をがんばってきたわけだが、ついに生まれてから考えていた放置ゲー理論を作ることにしたのである。

「まずは、自分の使える魔術属性から整理していくか。自分のできることを書き出してから、色々と考えてみよう」

　俺は誰もいない部屋でそう呟くと、紙と羽根ペンを取り出して自分ができることを書いていく。

　この一年で様々な魔術を行使してきたが、どうやら俺には才能があったようで全ての属性が行使できた。

　とはいっても、俺が教科書として使っている魔術基礎の本に載っている属性が行使できるだけだ。この世界には星の数ほど魔術があると言われているので、俺の行使できない魔術がどこかにあるかもしれない。

　一番の鬼門であった〝才能〟の部分はクリア。あとは努力で己を磨くだけである。

「えーと、炎、水、風、土、黒、白、そして補助系統の魔術だな。この中から放置ゲーに適した魔術を探さないといけないのか……」

まずは〝放置ゲー〟の基本を思い出そう。

放置ゲーは当たり前だが放置をすることで強くなるゲームのこと。これを現実に落とし込むために、俺は魔術を用いて放置狩りをしてくれるキャラクターを生み出そうとしている。

あと、素材回収なんかも放置ゲーの要素だな。狩ったモンスターのドロップ品《素材》で装備を作ったり金を得られれば万々歳だ。

ただ素材回収については、まず狩りができないと話にならないので後回しだな。

そして、この世界はゲームの世界ではない。周囲への被害など考えずに放置ゲーを始めた日には、俺がこの国の反逆者として捕まるかもしれないのだ。

単純に強さを求めるだけではいけない。

そう考えると、被害が拡大しやすい炎魔術は真っ先に除外されるだろう。森の中で使った日には、俺が放火魔として捕まってしまう。

俺は炎と書いた文字に斜線を引くと、他の魔術についても考える。

水と風も除外かな。周囲に被害を出さないという点では合格だが、現在行使できる魔術の中で放置ゲーに適した魔術がない。

「土魔術はゴーレムを作れる魔術があるから一旦候補かな。白魔術は水魔術と同じ理由から除外。そして、本命の黒魔術。できればこいつを使って放置ゲーをしたいな」

俺はそう言いながら、一つの魔術を行使する。

第四級黒魔術に分類される高位魔術であり、熟練者しか使えないと本には書いてあった難易度の高い魔術だ。

「闇よ。その形を人としてこの世に現れよ。〝闇人形《ダークパペット》〟」

少し恥ずかしい詠唱をしたあと、俺は魔力を操作して魔法陣を形成する。

魔法陣が床に浮かび上がると、そこから人型の闇が姿を現す。

身長は大体一七〇センチ。木偶《でく》人形のような形をしている闇が俺の前に現れた。

「おぉ、やっぱり魔術を使うのは興奮するな。右向いて」

「……」

闇人形に命令を下すと、闇人形は命令通り右を向いた。

黒魔術を本命と言っているのは、この魔術に可能性を感じているからだ。

ゴーレムを作れる土魔術は魔術の中でも少し特殊で、〝魔石〟と呼ばれる魔力を溜め込むことのできる石が必要となるのだ。

この魔石を確保するのは現状難しく、しかも魔石の魔力がなくなればゴーレムは動かなくなるし複雑な命令は理解できない。

俺は両親に〝この魔術を使ってみたい！〟と、子どもらしくおねだりしてなんとか一つ確保できたが、さすがに何度もおねだりはできないし、使い捨てになってしまうので金がかかる。

こんな欠陥品使えるわけないだろいい加減にしろ。というわけで、土魔術は本当にどうしようもなくなったときの最終手段である。

対して、この魔術はかなり優秀だ。

魔石なんて必要ないし、術者本人の魔力が切れない限りは動き続けてくれる。しかも、わりと細かい命令まで理解してくれるのだ。視界だって共有できるらしいからな。

これだけ聞くととても優れた魔術に思えるが、欠点も多い。

まず、黒魔術は闇を操る魔術とされているので、国によっては禁忌とされている。

主に宗教色の強い国では、死者を操ったり死霊を呼び出せる不穏な魔術は嫌われるのだろう。

幸い、この国では黒魔術を禁忌とはしていないので問題なく使える。お袋も黒魔術を使えるらしいしな。

しかし、今後旅をするうえで宗教国家に行く場合は注意が必要だろう。

まぁ、これは気を付ければ問題ない。が、次の欠点はかなりまずい。

「よし、闇人形。俺を殴れ」

「……」

闇人形は俺の指示通り大きく拳を振りかぶると、パンチを繰り出した。

これが大人であれば俺はぶっとばされて、後ろにあるベッドへ激突し痛みで涙を流しただろう。

だが、こいつは残念なことに物理的な干渉力を持たないのである。元々は偵察用に作られた魔術らしいが、その難易度の高さからほとんど使われることはないそうだ。

そして、戦闘もできない。

木偶の坊ですら物理的干渉はできるのだから、こいつはそれ以下なのだ。

やーいやーい、木偶の坊以下の闇人形！

闇人形の拳は空《むな》しくも俺をすり抜け、虚空を切った。

「攻撃力はゼロに等しいな。でも、色々と試してみれば道が開けるだろ。もう一つ大きな弱点として、日の当たる場所に出ると消えるデメリットもあるけど」

俺は、そんな欠陥だらけの闇人形の能力である視界共有も試してみることにした。

放置ゲーの進み具合とか狩場の様子を確認できるから、かなり便利な機能だよな。

「視界共有――――いでぇ！」

闇人形と視界を共有すると、頭に激痛が走る。

俺は慌てて視界の共有を切ると、痛む頭を押さえた。

わずかに見えたのは、俺が今見ている視界と闇人形が見ている視界。二つの視界情報が脳に入ってきたことにより、情報を処理しきれずに脳がパンクしてしまったようだ。

これ、目を瞑って視界共有しないとダメだな。

俺は目を閉じて、もう一度視界共有を試みる。今度は頭に激痛が走るということもなく、闇人形が見ている視界が脳に入ってきた。

「三歩前進」

おぉ、闇人形の視界で歩くと見える世界が違うな。身長が高いから普段よりも部屋が狭く感じる。

ついでに、闇の世界も見てみるか。

「潜伏」

俺の命令と共に、闇人形は影の中に入っていく。

視界は真っ暗になり、何も見えなくなった。

「んー、何も見えないし何も感じない。これが闇の世界か。影から出ろ」

闇人形に影から出るように指示を出した俺は、視界共有を解いて魔術を解除する。

あとは、命令を与えた状態をしっかりと維持できるかだな。

放置ゲーをするうえで、これができなければ話にならない。命令を理解するのはもちろん大事だが、その命令を続けられるかどうかも重要である。

要は自動操作みたいなものだな。〝狩りをしてて〟という命令一つで動き続けてくれないと。

「でもこれ、俺一人で検証できるものなのか？」

命令を理解してくれるどうかという検証は簡単だ。命令を与えてその通り動くかどうかを見ればいいのだから。

しかし、これは俺が見てないところでもちゃんと動いてくれるかの検証。目に見えてわかる結果を出す実験が必要である。

こういうとき、監視カメラみたいなのが欲しいな。

失ってわかる発展した文明のありがたさ。

「……とりあえず、誰にも見つからないようにしつつ、庭の片隅に小石でも集めてもらうか。並べ方まで指示すれば、大体のことはわかるだろ」

しかし、ここで闇人形の問題点が邪魔をする。

そうじゃん。こいつ、物理干渉できないから小石すら持てないじゃん。

「わかってはいたけど、今後の課題は闇人形に物理的攻撃力を持たせることだな。魔力消費量は問題ない。大きな課題だけどがんばるか」

闇人形はその場に存在しているだけで魔力を消費する。かなりの魔力量を要求されるのだが、三年間の努力は俺を裏切らなかった。

魔術行使の際に消費した魔力すらも既に回復し、魔力は満タン。使用量よりも回復量のほうが多い。

「物理的攻撃力を持たせる方法か……とりあえず、魔法陣の解析をしてみるか？」

魔術の行使に必要な情報は全て魔法陣に詰まっている。

まずは、それの解析からだな。

いくつかの魔法陣については意味が判明している。魔術基礎の本に少しだけ載っていたのだ。

闇を具現化する魔法陣だったり、炎を具現化する魔法陣だったり。

様々な魔法陣が複雑に絡み合って、一つの魔術として効果を発揮する。

組み合わせは無限大。想像力の数だけ魔術は存在する。

まぁ、上手く組み合わせないと魔力が暴発して大変なことになるそうだが。

「そうだ。店へ来る冒険者の中には魔術師もいるんだし、色々と聞いてみよう。お袋は毎日忙しそうだから、あまりわがままを言えないしな」

どうせ店へ来ると飲んだくれて騒ぐだけの客だ、お袋の代わりに魔術のことを聞いてもバチは当たらないだろう。

俺はそう思うと、冒険者たちが来る時間である夕方まで闇人形をどのように使えば放置ゲーに使えるようになるのかを考えるのであった。


夕方になると、静かだった我が家は一気に騒がしくなる。

一応昼も店は開いているのだが、冒険者がメインの客層であるため、冒険者たちの仕事が終わる夕方あたりから人が来始めるのだ。

そんなわけで、俺も冒険者が集まり始める時間を狙って店へと降りる。

思うように動けるようになったのだから店の手伝いをしようとしたときもあったのだが、親父もお袋も〝そんなことする暇があるなら冒険者として強くなることを考えろ〟と言う人なので、手伝いはしていない。

これで俺が突然〝この店を継ぐ！〟とか言い出したら二人はどんな反応をするんだろうか。少し気になるが、子どものやりたいことを優先させてくれる親なので普通に料理や店の経営のことを教えてくれるだろう。

「お？　これは珍しい。ジーク坊ちゃんじゃないか」

「ゼパードのおっちゃん。久しぶりだね」

「わー！　ジークちゃんだー！　シャルルから最近は魔術の練習ばかりしているって聞いていたけど元気そうでよかったよー」

「本当に珍しいな。ここ三年ぐらいはほとんど顔を出してなかったってのに。大きくなったな」

「あらあら、ジーク君ではないですか。本当に久しぶりですね。元気にしていましたか？」

店に顔を出した俺を見つけるや否や、〝こっちに来い〟と言って俺を席に座らせる。

お袋と親父も普段あまりこの時間には店に顔を出さない俺を見て少し驚いていたが、驚くだけで何も言わなかった。

ゼパードと呼んだスキンヘッドの大男がリーダーを務めるこの冒険者パーティーは、昔から俺のことをよく可愛がってくれている常連客だ。

親父の古い知り合いらしく、ほぼ毎日この店に来ては飯を食べていく。

リーダーである人相の悪い大男で大剣使いのゼパードと、オレンジ色のショートヘアが似合う明るい性格のフローラ、クールでかっこいい黒髪のグルナラ、シスター服に身を包み純白の髪を揺らしながら優しく微笑むラステルの四人パーティーである。

全員かなりのベテラン冒険者らしく、この街では顔が利く。間違っても敵に回してはならない人たちだ。

相当俺のことを可愛がってくれる人たちだから、よほど失礼なことをしない限りは大丈夫だろうけどね。

「みんな元気そうだね。お仕事はどうだったの？」

「いつも通りだな。山もなければ谷もない。冒険者としては、完璧だな」

「安全第一ですからね。デッセンとシャルルも冒険者のときはかなりの慎重派でしたよ。今となっては新商品として挑戦的な料理を多く作るようになりましたがね。私たちは実験台ではないんですよ？　真っ先に味見させないでほしいです」

「たまにすごいのが来るからな……今でも忘れられないのはゴブリン肉の塩漬けだな。あれは人を殺すための食いもんだ。口に入れた瞬間、あまりの不味《まず》さに意識を失ったね」

「あー。あれはひどかったね。最近は美味しくなくても食べられるのが多いけど、ジークちゃんが生まれる前はひどいのが多かったかも」

　今ではかなり美味しい料理を作る親父といえど、昔はひどい料理も作っていたんだな。

　あまり両親の過去の話を聞かないから、結構意外だ。

「父さんも料理がひどい時期はあったんだね」

「誰にだって初心者の時期はあるもんさ。それで、ジーク坊ちゃんは何をしに店へ顔を出したんだ？　パパやママが恋しくなる年齢でもないだろ？」

「うん。魔術について聞きたいことがあってね。フローラとラステルに聞きたいんだけど、魔術の改造とかやったことある？」

「魔術の改造？　既存の魔術に手を加えるってことかな？」

「魔法陣にはそれぞれ意味があるって本に書いてあったから、もしかしたら改造とか自分だけの魔術を使えるのかなと思って。実際にやってそうな二人に話を聞きに来たんだよ」

「ジーク君は賢くて真面目ですね。私がジーク君ぐらいの年齢のときは、親に買ってもらった人形でおままごとをしていましたよ」

「ぷはははは！　ラステルがままごとをか！　なんだ？　いかついおっさんの人形とゴブリンの人形でも戦わせて――」

ゼパードが大笑いしながらラステルを馬鹿にしていると、ラステルが目にもとまらぬ速さで腰に下げていたメイスをゼパードの脳天ギリギリに振り下ろす。

あまりにも速すぎるその一撃は、俺の目では捉えることができなかった。

「口には気を付けたほうがいいですよ？　いつ神の天罰が下るかわかりませんからね」

「お、おう」

にっこりと笑いながらも、圧がすごいラステル。

うーん。今のはゼパードが悪いな。ラステルだって女性だ。おままごとする時期だってあれば、白馬に乗った王子様が迎えにきてくれる夢だって見る。

そして大きくなってから現実を知るのだ。

「ゼパードって本当に女の子の気持ちがわからないよね。だから生まれてこのかた彼女ができないんだよ」

「うるせぇ！　そう言うお前だって男の気持ちはわからないだろうが！　な？　ジーク坊ちゃん」

ここで俺に振ってくるんじゃねぇ。なんて答えるか困るだろうが。

俺は適当に愛想笑いをして誤魔化《ごまか》すと、会話を本題に戻す。

こういうときは、多少強引でも話題を変えたほうがいいのだ。長年の経験から学んだ会話テクニックである。

「それで、二人は自分だけの魔術とかあったりするの？」

「逃げたな」

「逃げたね。こういうところが子どもに見えないいんだよな」

そこ、うるさいぞ。

「んー魔術学院で少し習ったけど、結局のところ既存の魔術を行使したほうがいいんだよねー。ほら、みんなが使う魔術は研究されすぎて効率化されてるし、難易度の高い魔術はそもそも行使する機会がほとんどないから研究する意味がないし」

「確かにそうですね。私は教会で魔術を習ったので、そもそも魔術理論については詳しくありません。そういうのはシャルルのほうが詳しいのではないでしょうか？」

「私は少しなら教えられるけど基礎ぐらいしか教えられないし、確かにシャルルに聞いたほうがいいかもね。シャルルー！　ジークちゃんが魔術理論について聞きたがってるよー」

そう言ってフローラは、店のカウンターで料理を作るお袋に声をかける。

すると、お袋はこちらに顔を向けることなく答えた。

「私もそんなに知ってることは多くないわよ。あの本に書かれていることしかわからないわ。どうせジークのことだから、既に本に書かれている内容については理解していて、それ以外のことについて知りたいんでしょう？」

さすがお袋。俺のことがよくわかっている。

俺が知りたいのは、魔術基礎の本に書かれていること以外の知識についてだ。本に書いてあることは大体理解しているし、実際にその知識を用いて簡単な魔術を作ったことだってある。

作ると既存の魔術になってしまうのは、それだけ魔術が効率化されているということだろう。

「ハッハッハ！　賢すぎるのも考え物だな。好奇心旺盛で賢いから聞いてくることが普通の子どもと違いすぎる！」

「全くだ。あ、俺たちには聞くなよ？　俺たちは魔術なんざさっぱりだからな」

「二人には期待してないから大丈夫だよ。寧《むし》ろ、魔術師じゃないゼパードとグルナラが魔術理論について語りだしたら明日は槍が降ってきちゃう」

「なんだとコノヤロー。おいデッセン！　お前の息子が生意気だぞ！」

「事実だろうが。ジーク、もっと言ってやれ。この女心がわからず、夜の街でビンタされるようなやつに気を遣う必要はないぞ」

「んなっ……！　なんでその話を知ってんだよ！」

「料理屋の耳は早《は》えんだぜ？　またやらかしたらしいじゃねえか」

よほど知られたくなかった話なのか、顔をゆでダコのように真っ赤に染めるゼパード。これは怒っているというよりも、恥ずかしがっているな。

どんなことがあったのかは知らないが、女の人にビンタされるとか相当デリカシーに欠けることを言ったに違いない。

そして、その話を世間話をするかのような気軽さで話す親父も容赦がない。

二人の間にはこれだけ言っても崩れない友情があるのだろう。

「へぇ、また振られてたんですね。最近お熱だったのは、鍛冶屋の看板娘の子でしたか？　良かったです。あの子は正常な判断ができているのですね」

「お前、少しは学べよ。今度は何を言ってビンタされたんだ？」

「いや、〝最近太ってきたんです〟って言ったから〝おう、そうだな。少し痩せたほうがいいんじゃないか？〟って言ったら……」

「「「「それはゼパードが悪い」」」」

　アホかな？　その女の子は〝そんなことないよ！〟という否定が欲しかったのだ。間違っても同意を求めているわけではない。

　そりゃ〝女心がわからない〟と言われるわけだ。ゼパードに彼女ができるとしたら、そこらへんを許容してくれる人じゃないとダメそうだな。

「ジークでも正解がきっとわかるぜ？　ジーク、こういうときはなんて言うのが正解だ？」

「〝そんなことないよ〟か〝ほんとうか？　全然痩せているように見えるけどな〟だね」

「ジークちゃんでも正解がわかるというのに、この馬鹿リーダーは……一回ジークちゃんから女の子との会話の仕方でも教わってみたら？」

「なんで俺が教わる側に回るんだよ！」

「いや、真面目にお勧めしますよ。ジーク君のような子どもでもわかる問題を間違える時点で、ゼパードに口答えする権利はありません」

　結局、俺は魔術理論を教わることはできなかったものの、久々にワイワイと騒ぐ空間を楽しんでリフレッシュすることはできた。

魔法陣については自分で色々と調べることにして、また行き詰まったりしたらリフレッシュとして顔を出すことにしよう。

この騒ぎの中で一つ、いい案が思い浮かんだしな。

◆
◆
◆

その日の夜、俺はいつもの自室でさきほど思い浮かんだ案を試すことにした。

魔術実験はどうしても時間がかかる。魔術とは本来、完全に独学で研究する内容ではないのだ。

世の中には一つの魔術を完成させるのに生涯を費やす人だっているのだから、魔術を甘く見てはならない。

できる限りレベル上げを早く始めたい。放置ゲーで最も重要な要素は放置した時間である。

〝やった時間こそ正義《play to win》〟

それが放置ゲーの全てであり、真理だと俺は思っている。

どれだけ強いキャラクターを手に入れようが、どれだけ強い装備を手に入れようが、始めた時期が遅ければ上位勢には追い付けない。それの差を埋めるのが課金だが、上位勢は当たり前のように課金しているからな。

結局、差は縮まらない。これが資本主義社会ですか。

「さて、まずは闇人形を出すか。闇よ。その形を人としてこの世に現れよ。〝闇人形《ダークパペット》〟」

詠唱をして魔術を行使すると、魔法陣の中から闇人形が現れる。

そして俺は闇人形に待機を命じると、続けて魔術を行使した。

「闇よ。その形を剣としてこの世に現れよ。〝闇剣《ダークソード》〟」

魔法陣の中から現れたのは漆黒の剣。禍々しい雰囲気を纏《まと》う魔剣のようにカッコいいわけではなく、ただただ黒い剣だ。

第二級黒魔術〝闇剣〟。

その名の通り闇の剣を魔力によって作り出す魔術であり、人がその剣を握って初めて意味がある魔術となる。

武器だけあっても使う者がいなければ、その武器に価値はない。この魔術もそんな使用者次第で変わる剣であった。

「よし、魔力には余裕があるな。あと五セットは作れそうだ。闇人形、その剣を持って」

「……」

俺が命令を下すと、闇人形が無言で剣を拾い上げる。持ち方も教えなければならないかと思っていたが、どうやら闇人形は賢いらしく、しっかりと剣の持ち手を握っていた。

「よしよし。やっぱり魔力の塊であるこの剣はちゃんと持てるんだな。魔術である以上魔力には干渉できる。魔術基礎に書いてあることは正しいなぁ」

闇人形は物理的干渉力を持たないが、魔力に対しては干渉ができる。

この特性を使えば、闇人形にも武器を待たせられるんじゃね？　と思い至ったが、どうやらその仮説は正しかったようだ。

攻撃力がないなら、武器を持たせればいいじゃない。

そんな考えのもと、生み出された放置ゲー最初のキャラクター。

これで実験ができる。今日は庭の片隅で朝までバツ印を地面に刻んでもらおう。

そうすれば寝ている間もちゃんと動いていたのか確認できるしな。

「そうと決まれば、早速行動！　とりあえず視界共有をして庭に移動してもらって」

俺は闇人形に指示を出し、庭に移動すると闇人形に指示を出してバツ印をつけさせた。

(そのまま朝まで印をつけ続けろ。バツ印が被らないようにしつつ、一〇〇個書き終わったら消して丸を書け。もし人が来たら影の中に潜って姿を隠すんだぞ。朝日が昇っても影の中に入れ)

闇人形は俺の命令をしっかりと聞き入れると、早速行動に移る。

朝になれば実験結果がわかるはずだ。

明日は早起きだな。おやすみなさい。

◆　◆　◆

翌朝。俺はいつもより早く目覚めると、早速実験結果を見る。

庭にいる闇人形と視界を共有し、昨晩の成果を見た。

（おぉ！　ちゃんと命令通りに動いてるっぽいな！）

地面にはいくつもの丸とバツ印。これは夜に闇人形ががんばってくれた証拠である。

これで自動操作の検証も終了。放置ゲーの開始だ！

俺は早速、放置ゲーをさせてみようと闇人形を街の外に行かせようとして気付いた。

そういえばコイツ、太陽の下で活動できないじゃん。

この闇人形は悲しいことに、影の下でしか活動できない。攻撃手段を持った今、早急に解決するべき問題はこれだな。

まずは四六時中自由に動けるようになってもらわねば。

「夜になるまで待機だなこりゃ。そういえばめちゃくちゃ大きな欠点が二つあったのを忘れてたわ」

俺はそう言うと闇人形が日の下で活動できるようにするため、魔法陣の解析を始めるのであった。

◆　◆　◆

その日の夜、ついにそのときがやってきた。

初めての放置ゲーが上手くいくのかどうか、街の外がどうなっているのかなど、様々な不安がある中で俺は事前に影の中で待機させていた闇人形たちを街の外に放っていく。

視界共有もしっかりしているので、何かあればその場で指示を出せるだろう。

闇の中から視界が晴れたときには、既に街の外にいた。

多くの木々が生い茂りながらも、人々が通れるように街道がしっかりと用意されている。

闇人形に指示を出して後ろを振り返らせると、そこには城壁に囲まれたエドナスの街があった。

（おぉ、いかにも異世界って感じの風景だな。中から見る景色とは大違いだ）

闇人形への命令を解除し、親父に見せてもらった地図の記憶を頼りに魔物がいるであろう森を目指す。

この世界の地図は、はっきり言ってゴミ同然だ。

距離もゴチャゴチャだし、全部が大体で書かれている。

森までの距離は親父曰《いわ》く四キロメートルほどらしいが、それよりも遠いかもしれないし近いかもしれない。幸い、方角はわかってるので、その方角に闇人形を向かわせていればいつかは着くだろう。

暫《しばら》く闇の中を移動させると、無事に森へと辿り着く。

ここからは獲物探しだ。この森には多くの魔物が住んでおり、森の浅いところには弱めの魔物が住んでいる。

なんでも、この森には魔素が多く充満しており奥に行けば行くほど空気中にある魔素が濃くなる。

強い魔物というのは、魔力が濃い場所を好むので自然とそこに生態系がつくられるようになったんだとか。

そんな危ない場所の近くに街を作るなよとは思うが、魔物とは資源。資源がなければ人々は生きていけないので、そこらへんは割り切るしかない。

森の浅いところにいるのは、スライムやゴブリンといった序盤の定番モンスター。見た目の特徴も聞いているが、皆が想像するような魔物だ。

これは、この街で冒険者として活動してるおっちゃんたちから聞いたから間違いない。

冒険者が来る飯屋ということで、こういう情報は自然と入ってくるのだ。

この店の子どもとして、店に顔を出せる利点だよな。子どもは好奇心旺盛だし、基本、俺はおっさんたちを煽《おだ》てて気分を良くさせるから口が回る回る。

冒険者のお姉さんからは可愛い可愛いと可愛がられるし、子どもとは役得な生き物だ。

おかげでいらない情報も多く手に入ったが、いつか必要になるのではと思ってメモはしてある。

(よし、魔物を探すか)

闇人形に出している指示は魔物の探索、闇に紛れての奇襲、人間を視認した場合は奇襲をやめて闇に潜伏の三つだ。他にも細々《こまごま》とした指示は出しているが、大きく分けるとこの三つである。

特に三つ目は重要で、人に見つかると面倒事になる。下手をすれば、冒険者総出でハンティングだ。

そうなれば放置ゲーはできない。俺は冒険者に教えてもらった知識を活用しながら魔物を探した。

(……ぜんっぜん魔物が見つからねぇ!)

夜のためか、魔物も眠ってしまっていて声が聞こえてくることもない。しかも、冒険者に聞いた魔物の探し方も月明かり以外に光がないため視界が悪すぎて使えない。一応、闇人形にも魔物の探し方を教えてみたが、彼らはそこまで複雑な命令を理解してくれなかった。

そうなると手当たり次第に魔物を探すしかないのだが、広大な森の中をふらふらと探し回るのは効率が悪い。

早速ゲームと現実の違いが出てきたな。

ゲームであれば敵など探さずとも出てきてくれるが、現実はそうもいかない。

魔物を探す必要もあるし、何より効率が悪すぎる。

この問題点は一生付き纏うだろうな。それでも効率のいい探し方とかあるかもしれないから、今後の課題としてメモしておこう。

そのあとも暫く森の中を探索すると、闇人形の一体が魔物を発見したらしい。

闇人形には魔物を発見した際、集まるように指示を出してある。

俺の意思とは関係なく、闇人形たちは動き始めた。

影の中に入り込むと素早く移動し、辿り着いたのは数体のゴブリンが眠る場所。

緑色の肌と醜い顔が月明かりに照らされ、死神が目の前に迫ってきているというのにすやすやと夢を見ている。

どんな夢を見ているのか知らないが顔が心なしかにやけている。そんなに楽しい夢なら、夢から覚めない眠りをプレゼントしてあげるとしよう。

闇人形たちは命令通り影の中から奇襲を仕掛ける。

背後から姿を現すと、頭に思いっきり剣を突き刺した。

「グギ――――」

短い悲鳴と共に、ゴブリンたちは永遠の眠りにつく。殺されたゴブリンたちは、ビクビクと体が痙攣していた。

うへぇ、月明かりしかないので少ししか見えないが、血が至るところに飛び散っている。

グロい光景には映画などでそれなりに耐性があるつもりだが、リアルで見るとさすがに少し堪えた。

とはいえ、人とは慣れる生き物である。この光景もいつの日か何も感じなくなり、人の死を見ても〝あ、死んだ〟としか思わない日が来るだろう。

できれば、人の死には慣れたくないな。人としての最低限の倫理観は持っておきたいものだ。

さて、これで闇人形の攻撃がゴブリンには通用することはわかった。あとはゴブリンをメインに自動操作《オートモード》でがんばってもらうとしよう。

(ゴブリン数体を狩っただけじゃ、レベルは上がらないか。それとも、距離が遠すぎて経験値が入ってこなかったのか？　もし、ある程度魔物を狩ってもレベルが上がらなかったら親父に聞いてみよう。大体レベル1からレベル2に上がるためには、何体の魔物を狩る必要があるのかを)

俺はそう思いつつ、闇人形視界共有を切るとそのまま眠りにつくのであった。

明日が少し楽しみだ。

◆　◆　◆

翌朝。太陽が昇り始め、街を照らす時間になると同時に俺は目を覚ます。

普段ならばもう少し暖かい布団の中で寝ているのだが、今日ばかりはレベルアップしているかどうかが気になりすぎて早く起きてしまった。

遠足が楽しみすぎて早起きする子どもかとは思うが、楽しみなものは楽しみなので仕方がない。

「さて、レベルは上がって――――ん？」

脳内でレベルを確認する前に、自分の体の異変に気付く。

全身を支配する全能感。今ならば何をやってもできそうな気分だ。空だって飛べるし、魔王だって殺せる気がする。

自分が神になったと勘違いしてしまいそうだ。

体内に流れる魔力は明らかに増えており、普段の魔力操作では少し持て余してしまうほど。

頭は冴え渡っており、視界もいつも以上にクリアに感じる。

「もしかして……」

俺は〝レベルアップ〟という単語が頭をよぎりながら、急いで自分のレベルを確認する。

すると、昨日まで1だったレベルは2に上がっていた。

「いよっしゃぁぁぁぁぁぁぁぁぁぁ！」

俺は思わず大声を上げながら拳を握った。幸い、両親は既に店の準備をしているため一階にいる。

意外と防音性能が高い我が家では、飛び跳ねたりしない限りは音が届かなかった。

さすがにこれはテンションが上がる。初めて魔術が行使できたときもテンションは上がったが、今回はそれの比ではないほどにテンションの上がり方がすさまじい。

異世界に来てから七年。ゼロ歳の頃から考えていた〝放置ゲー理論〟の基礎がついに完成したのだ。

正確には放置狩りか？　どちらにせよ、俺が考えていた世界最強への道の第一歩を踏み出せたのである。

「やった！　やったぞ！　ついに異世界で放置ゲーを作った！　これがソシャゲの力じゃ！　この野郎！」

テンションが上がりすぎて意味不明なことを言い出すが、それほどまでに〝自分の考えていた理論の実現〟は嬉しかった。

初めて大会で勝ったときのように、初めて推しにコメントを読んでもらえたときのように、自分の夢の一つを実現した喜びは大きい。

「闇人形最強！　闇人形最強！」

もちろん、まだまだ改善点も多い。闇人形の魔術の改造に効率のいい魔物の探し方や狩り方、新たな放置狩り用の魔術など、やるべきことは盛りだくさんである。

しかし、今は放置ゲーが成功したことを純粋に喜ぶのであった。

数分後、ようやく正気を取り戻した俺は、陰に潜む闇人形と視界を共有する。

確かにレベルは上がったが、俺のレベルはしょせんレベル2。

そこらへんのゴブリン相手に殺されてもおかしくないクソ雑魚《ざこ》ナメクジだということを忘れてはならない。

（お、ちゃんと命令通り影の中に隠れているな。賢いぞ。命令、影から出ろ）

闇人形は日の光に弱く、日差しを浴びると消滅してしまう。闇剣は問題ないのだが、剣は使い手がいて初めて剣となるのだ。

やはり、早急に解決するのはこの問題からだな。今日からコツコツとがんばって魔術の実験に取りかかるとしよう。

(闇人形、ゴブリンを何体倒した？)

俺の質問に闇人形は右手の薬指と人差し指を立てる。

闇人形には、二進数の数え方を教えている。これは片手で三一まで数えられるやり方であり、薬指と人差し指を立てた場合は一〇一〇となる。

そしてそれを十進数に直すと、一〇体のゴブリンを倒したことになるのだ。

俺が見ていたときに四体ぐらい倒していたはずだから、あのあと六体の魔物を倒したことになる。

俺が想像していたよりも効率が悪いが、それはしょうがない。ここは現実であり、ゲームの世界ではないのだ。

魔物が定期的に湧くらしい〝ダンジョン〟に闇人形たちを配置できれば経験効率は高まりそうだな。放置ゲーでも狩場の選定は大事だった。それは現実も変わらないらしい。

ゴブリンの経験値は一〇と仮定しておこう。これからは、ゴブリンから獲得できる経験値を基準として他の魔物の経験値を計測していかないとな。

そのためには、レベル2から3へ上がるのにどれほどの経験値が必要となるのかを知らなければならない。

なんというか、攻略法が一切明かされていないリリース初期のゲームって感じがして楽しいな。

中には最初から攻略法を見る人もいるだろうが、俺は自分なりの持論をもってレベル上げや装備を考えるのが好きだった。

ギルド内情報を交換し、自分なりに考えながら最強を目指すのだ。人によってはつまらないと感じてしまうだろうが、俺は自分の道を自分の手で切り開くあの感覚がとても楽しいのである。

今頃ギルメンたちは何をやっているんだろうな。同じ会社にいたやつも数人ギルドに入っていたので、俺が死んだことも伝わっているだろう。

悲しんでくれているのか、それとも嫌いなやつが死んでくれて喜んでいるのか。

険悪な関係を築いた記憶はないが、人はどこで恨みを買っているのかわからないものである。もしかしたら、ギルド内で嫌われていたかもしれない。

あれ、なんか目の前が滲んできたぞ？

少しだけ涙を流しながら、俺は闇人形に命令を飛ばす。

(闇人形たちに命令。影を通りかかったゴブリンだけを攻撃しろ。影からは絶対に出るな。夜になったら昨日と同じ方法で狩りを進めてくれ。もちろん、討伐数も数えて)

闇人形たちは命令を理解すると〝了解〟と言わんばかりに小さく敬礼をして影の中に潜っていった。

自分の魔術で作った闇人形だが、ちょっと可愛いな。最初にこの魔術を作り上げた人はセンスあるよ。

俺はそう思うと、闇人形との視界共有を解除して自分の肉体の変化を確認する。

「ふっ！」

何もない空間に蹴りを繰り出すと、明らかに昨日とは違うキレのある蹴りが放たれる。

なるほど、確かにこれは真面目に筋トレをするのが馬鹿らしくなるレベルの強化だ。

格闘を齧《かじ》ったこともない素人《しろうと》から、しっかりと格闘経験を積んだアマチュア並みに蹴りの速度が上がっているうえに、体感もしっかりしている。

レベルが1上がるだけでここまで違うとなれば、そりゃ皆レベル上げが最も効率のいいトレーニングだと思うわな。

俺だって思うもん。

魔力も倍以上に増えている。身体能力の向上幅は比べ物にならないほど魔力量が上がっているのだが、これはレベル1のときに魔力訓練をがんばったおかげか？

レベルが上がった際の能力の上がり幅は人によって違う。俺の場合は魔力が上がりやすいのだろう。

あくまでも、素人の推測でしかないが。

「まぁ、深く考えなくていいや。魔力さえ上がればなんとでもなるしな」

俺はそう言って闇人形と闇剣の魔術を行使する。

レベルが上がって思考力も上がったのか、魔術の発動が速い。

レベルというのは、人々に大きな恩恵をもたらしているんだな。

以前よりも早く作り上げられた闇人形は、闇剣を手に持つとすぐさま影の中に入った。

さて、あとはこれが何体作れるかだな。

レベルが上がったおかげで、魔力の自然回復量も上がっている。

昨日は五体しか作れなかったが、今日は何体作れるのだろうか。

「これはあれだな、闇の軍団を作り上げて、魔力量に物を言わせた圧倒的物量で戦うのがメインになりそうだ。何万体も作れるようになれば、一個連隊とかできそうだもんな」

たった一人で数千数万もの軍勢を作り上げ、相手と戦う黒魔術師。国によっては魔王とか悪魔に魂を売った〝邪〟に堕ちた者とか言われそうだな。

だがそんなことはどうだっていい。

カッコいい。それだけで男というのはロマンを追い求めるのだ。

「いずれは、闇人形たちが自立して思考し魔術を放つようにしてみたいな。一人軍隊。カッコいいじゃないか」

俺は、まだ見ぬ未来に思い描く自分の活躍を想像しながら、気持ち悪い笑みを浮かべるのであった。

◆　◆　◆

俺は早速、闇人形の改良に取りかかることにした。

当面の目標は、闇人形が昼間でも活動できるようにすること。今のところ夜しか狩りができないので、まずは四六時中狩りができるようになってもらうことから始めるとしよう。

「魔術改良をするといっても、何からやればいいかさっぱりだな。お袋に聞いてもわからないだろうし、自分でなんとかしないといけない」

魔術の改良およびオリジナルの魔術を作るというのはかなり難易度が高い。魔術を行使する基礎ができたからといって、魔術を改良することができるとは限らないのだ。

となると、最初はやはり基礎を知ることが大切だろう。要は、第四級魔術という高度な魔術ではなく、簡単で基礎的な第一級魔術や第二級魔術から始めることが第一歩となる。

「黒魔術以外の魔術も研究するべきだよな。黒魔術に魔術の全てが詰まっているわけでもないし、今後様々な属性の魔術を使うことも考えれば全部を知っていたほうがいいか。もしかしたら、放置ゲーに役に立つ魔術理論があるかもしれん」

俺はそう言うと、とりあえず自分の部屋を出て庭に向かう。

魔術研究には危険が付き物。この前フローラが魔術実験をしていた人の失敗談を聞いているので、自分の部屋ではやらない。

「あらジーク。起きてくるのが早いわね。おはよう」

「お、起きてきたのかジーク。今日は少し早いな。おはよう」

「おはよう。父さん母さん。ちょっと庭で魔術を試してくるね」

「朝起きて早々魔術の試し撃ちかよ。いったいどこの誰に似たんだ？」

「私ではないわね。私は朝起きてすぐに庭で魔術を撃っていたことなんてないわ」

「本当か？　俺の記憶では目覚ましの代わりに魔術の爆発音で起こされたことがあるんだが……」

「あらデッセン。きっとそれは私ではない誰かとの記憶よ。私の記憶にはないわ」

お袋は、一度忘れた記憶を絶対に思い出さない。

親父もそれはわかっているのか、小さくため息をつくと首を横に振った。

「こうなったら意地でも思い出さないからな。まぁいいや。どうでもいいことだし。ほらよジーク。朝ごはんだ。庭で魔術を撃つのはいいが気を付けろよ」

「ありがと父さん。それじゃ、いってきます」

親父から朝食のパンを受け取ると、俺は口の中にパンを詰め込みながら庭に向かう。

朝の渇いた口にパンはくるものがあるな。こういうときは、ほい、水生成《クリエイトウォーター》。

手の平に水を生み出した俺は、パンと一緒に水を流し込んで喉を潤す。

魔術が使えるようになってから、こういう面で便利なことが増えた。昔なら、水を貰いにわざわざ親父の下へ戻っていたからな。

ちなみに、今の俺は第一級魔術程度なら無詠唱で行使することができる。魔力操作の練度が上がったことにより、詠唱という補助が必要なくなったのだ。

それでも技のイメージを鮮明にするため、技名を言ったほうが安定感は上がるけどね。

腹を満たし喉も潤した俺は気合を入れると、魔法陣の改良に着手する。

とりあえず今日は第二級土魔術〝土弾《ストーンバレット》〟の解析をしようかな。

魔力によって小さな子どもの拳ほどの石を具現化し、高速で飛ばして相手にダメージを与える魔術。火力としてはそこまで強くなく、この魔術を喰らったことがある親父曰く、大人に殴られるぐらいの威力らしい。

「魔術としてはそこまで強くないって言ってたっけ。さて、魔法陣を書き出して色々と試すぞー」

俺はそう言うと、まず土弾の魔法陣を書き出す。

そして、自分の知っている魔法陣の情報を抜き出すと残った魔法陣を使って実験を始めた。

「まずはこのまま使ってみるか。魔力でこの通りに書けば上手くいくはずだけど……」

出来損ないの魔法陣で魔術を行使してみると、親指ほどの小さな石が生まれてポトンと地面に落ちる。

……ん？　予想していた結果と違うな。

俺の予想では、この石は生まれずに何も起こらないはずだったんだが。

「どうなってんだこれ。なんで石を生成する魔法陣を取り除いたはずなのに石が生成されているんだ？」

わけがわからない。石を取り除いたら石が生まれた件について。

これは想像していたよりも難航しそうだぞ。

第一級魔術を作っていたときはそこまで難しくなかったというのに、一つ階級が上がるとこんなにも難しくなるのか。

「あー、あと、あの本が間違っている可能性もあるのか。やべぇ、考えなきゃならんことが多すぎるぞ」

今まで教科書として使っていた魔術基礎の本だが、あれは国が定めた教科書でもない。

必ずしも、正しいことが書いてあるとは限らないのだ。前の世界だって、教科書が間違っていることを書いてあったこともあったしな。

「本当に手探り状態なんだな。今なら魔術研究している人たちのことを心から尊敬できそうだ」

とりあえず、適当に試してみるか。もちろん、安全には最大限注意して。

適当に試すのに安全に注意するってなんだよと頭の中でツッコミを入れつつ、俺は適当に魔法陣の模様を抜き取って行使してみる。

「ん、今度は何も起こらなかった。石すら出てこないことを考えると、今抜き取った魔法陣の中に石を生成する術が刻まれているのかな？」

それならこの抜き取った魔法陣のほうを使ってみよう。

これで石が生成されれば、この中に石を生成する術が刻まれているはずである。

えーと、これをこうして、こう！

魔術ができあがった瞬間、俺のほうに強い衝撃が走る。

バキン！　ドシーン！

まさか衝撃が来ると思ってなかった俺は尻もちをつき、一瞬だけ見えた石の行方を追った。

なんかすごい音がしたんだけど、大丈夫かこれ。

恐る恐る石が飛んだほうを見ると、庭の隅っこに生えていた木がへし折れて倒れてしまっている。

とんでもない威力だ、本来の威力はこんな一撃で人を殺せるようなおぞましいものではないはずなのに。

あと、狙った場所にも飛んでないな。

「……多分、何も発動しなかった魔法陣は反動制御と方向指定だったんだろうな。なるほど、確かに実験に失敗すると最悪の場合、命を落とすわけだ。魔術って危ないんだな」

人は〝危ないよ〟と言われても実際に経験しないと学ばない生き物である。

どうやら、俺も無意識のうちに魔術という存在を軽く見ていたのかもしれない。

とりあえず、自分の身を守る装備を着ることにしよう。今できる最大限の安全確保をしたほうがいい。それでも死ぬ可能性はあるだろうが。

うん。懲りてないな。

危険性を知ったというのに実験を続けようとしている自分に思わず笑ってしまっていると、血相を変えた表情をした親父とお袋が走ってくる。

あ、やばい。これは説教コースかもしれん。

「怪我はないかジーク!?」

「大丈夫だよ父さん。それと――」

「大きな音がしたと思えば……ジーク、怪我はなさそうね。どこのどいつかしら？　私たちの大切なジークに魔術を撃ち込んだ命知らずは」

なぜか俺がやったことだと思われておらず、怒りを露わにする両親。

おーい。話を聞いてくれ？　これをやったのは俺なんです。

おそらく、低レベルで魔術がどれほど使えるかを把握していない二人は、俺の魔術ではこの木を折ることはできないと思っているのだろう。

心配してくれるのは嬉しいが、その勘違いをされると事が大きくなりかねない。

この際、説教されるのは仕方がないとして、真実を告げるべきだ。

そう思って口を開くが、こういうときほど不運は重なる。

「いや、それは俺が――――」

「大丈夫ですか!?　今、ものすごく大きな音がしたのですが！」

たまたま家の近くを巡回していたのだろう、若めの衛兵がこちらへやって来る。

あ、これはまずいかも。

俺がそう思ったのも束《つか》の間、この状況を見た衛兵は何かを悟ると、深く頷いて親父たちに告げる。

「今すぐに捜索を出します！　犯人はまだ近くにいるはずなので！」

おいおいおーい！　お前までそっち側かよ！

まずい、もうここまで来ると真実を言える雰囲気ではない。

どうしよう。皆の頭の中では、俺を殺そうとした架空の犯人がいるらしい。皆落ち着こう？　その犯人、お袋の腕の中で困惑してるからさ。

しかし、我が子を愛する親の暴走は止まらない。

「頼んだわよ。どんな理由であれ、ジークを怖がらせた罪は万死に値するわ」

「ゼパードたちも呼んでこよう。今日の仕事はジークの護衛だ」

ちょ、ちょっと待って。本当に取り返しのつかないことになりそうだから止めさせて。

「違うんだ母さん。これは――――」

「もう大丈夫よジーク。この街の総力を挙げて犯人を捕まえてあげるわ」

「いや、だから違うって――――」

「とりあえず今日は家の中にいるんだジーク。あとでフローラたちを連れてきてやるからな」

「いや本当に話を――」

「さきほど怪しい人影を見たので追跡してきます。お子さんは安全のため、暫くは家に待機させてください」

誰だよそいつ。ここら周辺には俺しかいなかったはずだぞ。

ついには、架空の犯人すら見ただのという始末。

ダメだ。誰も話を聞いてくれない。親の愛を感じるのはいいことだが、完全に愛が空回っているよ。

その日、街では居もしない犯人探しが始まり、結果的に逃げられたこととなってこの騒動は幕を閉じたのだが、俺は事が大きくなりすぎて真実を打ち明けることができなかったのであった。

親父もお袋も人の話を聞かない。よく覚えておこう。おかげで二週間ぐらい家から一歩も出られなかったし。

第三章　新人冒険者

魔術実験をしていたら想像以上の騒ぎになってしまってからも、俺は懲りずに魔術の研究に明け暮れた。

できる限り安全を確保した中で実験をしていたのだが、それでも失敗して大きな被害をもたらすことは多々ある。

まぁ、このぐらいならええやろと思って自室で実験をしたら床が焦げたり、闇に呑まれて三日間目が見えなかったり、庭の芝生を枯らして両親に怒られたり……。

小さな失敗を挙げればキリがないほど俺は様々な失敗と成功を繰り返しつつ、たまに親父に剣の使い方を教わっていた。

もちろん、最初の失敗のような勘違いをされることはもう起こっておらず、今は魔術実験をするときは親の監視の下でしかできない。

おかげで、魔術の研究スピードはかなり遅くなった。

そんな毎日を過ごすこと約四年。一一歳となった俺は今日も魔術の理論を考える。

「魔術って知れば知るほど不思議な存在だな。一＋一が必ずしも二になるとは限らない。その答えは三にも一〇〇にもなることもあれば、〇になることもあるんだから驚きだ」

魔術の研究を繰り返す中で、魔術の奥深さと難しさが見えてくる。やはり、詳しい人に聞かないとわからないことが多い。

これはこれで楽しいんだけどね。

最初の目標であった闇人形《ダークパペット》の改良にも成功し、ついに昼夜問わず狩りができるようになった。

闇人形が昼でも動けるようになった影響はかなり大きく、この改良が成功してからは魔物を狩るペースも早くなっている。

俺の今のレベルは現在7にまで上がり、この調子でいけば冒険者になる頃にはレベル10に到達するのも夢じゃない。

「まさか、闇人形の魔法陣にデメリットが組み込まれているとは思わなかったぜ。魔力消費を抑えるためにデメリットを組み込むことかできるんだな。偶然気付いたからよかったものの、これのせいで何年時間を無駄にしたのやら……」

魔術にデメリットを組み込むことで魔力量を抑える。そんな荒業《あらわざ》すらできてしまうのだから、さらに考えることが多くなって大変だ。

誰か魔術の攻略本でも出してくれ。

おかしいとは思ったのだ。単純な魔法陣でできている第二級黒魔術〝闇剣《ダークソード》〟が日の光に当たっても消滅しないのに、複雑な魔法陣でできている第四級黒魔術の〝闇人形〟は日の光に当たると消えるとか。

「やっぱり、思い込みに捉われると中々気付けないものだな。視野は広く、常に疑って物事を見ろってわけか。放置狩りのやり方にもこの考え方を取り入れたいけど、何も案が浮かばん」

レベルが上がれば魔力も上がる。魔力が上がれば維持できる闇人形の数も増える。

しかし、狩り方は何も変わらなかった。

虱潰《しらみつぶ》しの数によるゴリ押し。色々と試した結果、これが今のところ一番効率がいい。

現在俺が維持できる闇人形の数は一二五体。このゴリ押し作戦でレベルを6も上げたのだから上出来なほうではあると思っている。

ちなみに、経験値の測定云々《うんぬん》は諦めた。

どうやら魔物にも経験値の概念があるようで、倒した魔物のレベルによっても得られる経験値は変わると思われる。

俺は魔物にもレベルの概念があるという話を聞いた時点で、経験値の測定は無理だと悟った。

だって魔物のレベルとか確認のしようがないし。

一応、相手のレベルを確認する魔術も存在しているそうだが、相当高度であり魔術が得意とされているエルフと呼ばれる種族の中でも上位種に当たるハイエルフのごく一部しか使えないだとか。

俺の持っている魔術基礎の本にも相手のレベルを確認する魔術は載っていないので、使える使えない以前の問題だが。

「魔術基礎に載ってる魔術は全部使えるようになったし、今はこれが限界か。自分の得意な属性がわかってるから、それを伸ばしつつ全体的な魔術の練度も磨かないとな。やることが山積みで困るぜ」

人には得意不得意があるように、魔術を行使する際の属性によっても得意不得意が出る。

本人の才能で使える魔術の属性が決まるのだから、当たり前といえば当たり前だな。

お袋の場合は炎魔術が得意であり、水魔術が苦手。俺は黒魔術と白魔術が得意で、それ以外は全て普通だった。

白魔術は、死者を操ったり亡霊を出現させる黒魔術とは対極の属性だ。

死者や亡霊を浄化し、人々を癒すのである。

宗教色が強い国では神聖視されている魔術であり、高位の魔術師の使い手への待遇はとてもよくなる。

第四級魔術を行使できれば天才とされ、第六級魔術が使えれば人類最高峰クラスとされているこの世界で、黒と白の両方を行使できる（しかも第四級魔術）俺はいったいどういう扱いを受けるんだろうな。

少しだけ危ない好奇心が湧きつつも、俺は両親が待つ庭へと出ていく。

今日は店が休みの日であり、店が休みのときは大抵親父にボコられていた。

「レベルを隠すのも大変なんだよな……早く冒険者になってレベルが上がっても怪しまれないようにしたいな」

両親は、俺がこっそりとレベル上げしていることを知らない。つまり、俺がレベル1のままだと思っているのだ。

元冒険者の二人は俺に冒険者としてのイロハを教えようとしているのか、〝自分の使える魔術はできる限り隠せ〟と言うのだ。

冒険者にとって自分の情報は命の次に大事と言われている。世の中優しい人だけではない。自分の身を守るためにも、本当に信頼できる人以外には自分の手札を見せないのが鉄則だ。

その練習を親父たちはやらせているということだな。教育熱心で泣けてくるよ。

そんなわけで、俺は親に色々と隠している。レベルも大事な情報だしな。

「お、ようやく来たなジーク。遅いぞ」

「ごめんよ父さん。ちょっと考え事をしてた」

「……また魔術ね？」

「そんなところだね」

俺がそう答えると、親父とお袋は小さくため息をつく。

両親は、俺が魔術に熱心なのを知っている。そりゃ目の前で魔術の実験を毎日していれば、どんな馬鹿でも気付けるだろう。

「魔術に熱心なのは構わないが、また芝生を枯らすなよ？　ようやく生えてきたんだからな」

「わかってるよ。既にあの魔術については結論が出てるから問題ないよ」

「そう言って、この前家の壁に穴を開けたのはどこのどいつだ？　全く、俺もジャルルも魔術の研究なんてしないというのに。どこの誰に似たのやら……」

「あ、あはははは」

「笑い事じゃないわよ？　昔は本を読んで喜んでいただけなのに、本に載っている魔術を行使するだけじゃ飽き足らず研究まで始めるんだもの」

「あ、あはははは……」

親父とお袋からのダブルパンチを喰らって、俺は乾いた笑いを返すことしかできない。

だいぶ心配をかけてしまっているな。だが、許してほしい。

将来働かなくとも生活できるぐらい金を稼いで楽をさせてあげるつもりだから、その先行投資とでも思ってくれ。

「まだレベル1なのに第三級魔術まで使いこなしてるし、才能はピカ一なのよね。本当に魔術学院に入らなくていいの？」

「いいよ母さん。俺は冒険者となるために魔術の研究をしているのであって、別に魔術を学びたいわけじゃないんだ。目的と手段が入れ替わったら意味がないよ」

「お金の心配はいらないわよ？」

「だから大丈夫だって」

魔術学院とは、魔術に関することを学ぶ場所だ。

要は、魔術専門の学校であり、大抵の街に一つは存在している。

基本的に一二歳から一五歳までが通う場であり、そこで優秀な成績を修めると国からスカウトされたり研究者として学院に残ることができる。

魔術に研究施設もあれば、試し撃ちをできる場所も多くあるそうだ。

正直、行きたいとは思う。

しかし、魔術の研究をするのは楽しいが、俺はそれで飯を食いたいわけではない。

俺は世界を見て回りながら世界最強を目指したいのだ。

それとこれが一番大きな理由だが、魔術学院は相当な金がかかるらしい。

魔術学院も慈善団体ではない。学院に通っていたフローラから聞いた話では、少なくとも一般的な家庭の子どもが気軽に通える金額ではないんだとか。

お袋は金の心配はいらないと言っているが、どう考えても負担にしかならない。

「心配いらないと言っているのにね。私に似て謙虚な子に育ってしまったわ」

「どの口が言ってんだシャルル。お前が謙虚になったことなんてないだろ」

「……ジーク、今日は剣士がどのようにして魔術を捌くのかを学んでみましょうか。魔物の中には魔術を使う種類も存在するわ。その練習といきましょう」

「ちょっと待てシャルル。それは俺が燃やされるやつじゃ……」

あーあ。親父がデリカシーのないことを言うから。

魔術の準備に入るお袋と、マジで魔術を撃ちにきていることを察して守りの態勢に入る親父。

何気に二人がこうして戦うところは初めて見るな。

両親の戦いが見られるとワクワクしていると、親父が思い出したかのように言う。

「あ、そうだ。来週は二日ほど外に行くからそのつもりでいろよ」

「外？」

「街の外だ。冒険者としての基礎を叩き込んでいるんだし、そろそろ実践といこう」

「おぉ！　それはいいけど母さんから目を離して大丈夫なの？　もう魔術の準備ができてるみたいだけど」

「随分と余裕そうねデッセン。ほら行くわよ」

「うげ！　マジのやつじゃねぇか！」

こうして、俺は初めてお袋と親父の戦いを見たのだが、さすがはベテラン冒険者。お互いに怪我のない範囲でしっかりと手加減しながらも、激しい戦いを繰り広げるのであった。

◆　◆　◆

翌週、俺は両親に連れられて街の外に出ていた。闇人形との視界共有によって街の外を見たことは何度もあるが、実際に自分自身が街の外に出るのは初めてだ。

ついさきほどまで広がっていた街並みは消え去り、まるで別世界のように草木と街道だけが景色を構成している。

視界だけでは感じられなかった風の流れる感触、草木がさざめく音や匂い。五感全てで感じられる雰囲気は完全な別物だ。

俺は少し感動を覚えつつも、両親の横に並んで狩場である最寄りの森に向かう。

レベルアップと改良により強くなった闇人形たちには、森の奥で狩りをするように指示を出しているので出会うことはないだろう。

もし出会いそうになっても、彼らの場合は影の中に入れるから問題はないのだが念のためにね。

「どうだ？　外の世界は」

「新鮮だね。街中じゃ見られなかった光景だよ」

「そりゃよかった。だが、感動しすぎて周囲への警戒を怠るなよ。街の中とは違って、外の世界は何があるのかわからない。常に気を張っておくことだ。街の近くじゃ現れないが、盗賊や魔物が奇襲を仕掛けてくることなんてザラだからな」

「特にゴブリンは気を付けなさい。あいつらに考える頭なんてないから、獲物だと思われた瞬間に襲ってくるわよ」

へぇ、闇人形は基本奇襲しかしないから、ゴブリンがそんな戦闘狂だったとは知らなかった。

ただの経験値《雑魚》かと思っていたが、お袋のうんざりとした顔を見るにかなりの頻度で襲われるのかもしれない。

「でも、ゴブリンって魔物の中じゃ一番弱い魔物なんでしょ？　確か、〝最下級魔物〟？　とかいう分類の」

「よく知ってるな。ゼパードあたりから聞いたか？　確かにゴブリンやスライムといった魔物は最下級魔物として知られているが、しょせんは目安でしかない。過去には推定レベル20前後のゴブリンだって確認された事例もあるんだし、何よりやつらは数が多い。戦いにおいて数は重要だぞ」

そう言う親父の目はマジだ。

過去に最下級魔物だからと侮《あなど》って痛い目を見たのかもしれない。

魔物にはそれぞれランクのようなものがある。親父の言う通り目安でしかないが、下から最下級、下級、中級下、中級、中級上、上級、最上級、破滅級、絶望級の九つにランクが分かれていた。

この世界にはレベルという概念があるため、最下級魔物でもレベルが高ければ強いが基本強くなる前に死ぬ。

馬鹿強い最下級魔物に出遭った日には最悪だな。一応、レベルが高ければ高いほど内包している魔力量も多いので他の雑魚とは見分けがつくらしいが、内包している魔力量を見破るにもそれなりの技術がいる。

現時点ではその場でばったり会ったとしても強いかどうかの判別はできないので、相手が最下級魔物だろうが侮らずに討伐しよう。

「ゴブリンは小さな群れを作って行動するのが常だから、一匹見つけたら五匹はいると思っておいたほうがいいわ。それに、魔物は正々堂々と戦ってくれるわけじゃない。奇襲に不意打ち、横槍、なんでもアリだから気を付けなさい」

「わかった。常に警戒を怠るべからずってわけだね」

「そうよ。そして、魔物に慈悲はいらないわ。中には話の通じる魔物なんかもいるけど、そんなのはごくごく稀《まれ》よ。そんな低い可能性に懸ける暇があるならぶち殺しなさい」

「わ、わかった」

容赦ない教えだなとは思うが、この世界は前世の世界よりも弱肉強食。

弱ければ食われ、強ければ食えるのだ。

そして、その強さの最たるものが〝暴力〟である。

「盗賊や野盗も同じだな。やつらを同じ人間だと思うな。魔物以下の屑《くず》だと思え。手加減なんて一切するなよ？　確実に殺すんだ」

「そうよ。確実に殺しなさい。あなたは男の子だけど見た目はすごくいいのだから、変態共に犯されるわよ。もしくは奴隷として売られるわ。それが嫌なら、なんとしてでも殺しなさい」

自分の息子になんてことを教えるんだ。

親父とお袋の言っていることは間違ってないだろう。そういう異世界物なんて腐るほどあるし、この世界にも腐った連中は絶対にいる。

だが、もう少し言い方というのがあるだろう。オブラートに包んでよ。口の中でオブラートを溶かして吐き捨てないでよ。

「わかった。躊躇しないようにする」

「まぁ、こればかりは経験だ。幸い、冒険者ギルドもそこらへんは考えているから、冒険者として生きているなら嫌でも童貞を捨てることになるさ」

俺は心の中でもうツッコまないぞと思いつつ、両親の冒険者としての心得を聞き続けるのであった。

◆　◆　◆

森に着くと、親父は早速その腰に据えた剣に手をかける。

森の中は死角だらけであり、いつ魔物に襲われてもおかしくない。お袋もその手に持った杖を構えると、警戒しながら森の中に足を踏み入れた。

「ジーク、いつでも剣を抜けるようにしておけ。森の中は視界が悪くて、いつどこから襲われてもおかしくないんだ」

「大丈夫、警戒しているよ」

「ジークの場合は魔術もあるから、魔物を見つけ次第先制攻撃しなさい。人かどうかだけはちゃんと確認してね？」

「だ、大丈夫。多分」

瞬時に人と魔物の判断をできるのかわからないが、もしミスをしても両親がフォローしてくれるだろう。

俺は親父から一一歳の誕生日プレゼントで貰った鉄剣をいつでも抜けるように構えると、親父のあとをついていく。

「……少し前にゴブリンがここを通ったな」

少し森の中に入ると、親父が地面を見てそう呟く。

俺も親父の見ている方に視線を向けるが、よくわからなかった。

「なんでわかるの？」

「ここに足跡があるだろ？　ほら、ここ」

親父が指さす場所には、確かにほんのわずかだが土が凹んでいる跡がある……ように見える。

正直よくわからないが、ベテラン冒険者である親父がそう言うのであればそうなのだろう。

「この反応はわかってないわね。これも経験だからしょうがないわ。今は、魔物の足跡がこんなにもわかりづらいということだけ覚えておきなさい」

「わかった」

お袋は俺がよくわかってないのを理解していたようだ。

しかし、こんなにも小さな変化となると、夜闇の中で魔物を追跡するのは至難の業だな。闇人形たちに教えようかと思ったが、これは見分けがつかないだろう。

主人である俺ですらよくわかんないんだもん。

ワンチャンわかってくれるかと思って、護衛用として俺の影の中に潜んでいる闇人形にもこっそり見せたが、期待しないほうがよさそうだ。

「方向はこっちか。ジーク、森の中では自分の位置を見失うのも問題だ。自分の場所は把握できているか？」

ゴブリンの足跡を追いかけていると、親父が質問を投げかけてくる。

これに関しては問題ない。絶対言われると思って、来た道は覚えているのだ。

「わかるよ。あっちに戻れば、森から出られる」

俺が来た方向を指すと、親父は感心したかのように頷いて俺の頭を優しくなでた。

「おぉ、よくわかったな。冒険者は魔物に食い殺されることもたびたびあるが、道に迷って餓死なんかもよくある。特に新人の場合や新しい場所に行ったときだな。迷わないようにするためには、来た道に印を付けておくというのが一般的だ。木にバツ印を付ける方法とかがよく使われるな。迷うとどうしようもなくなるから気を付けるんだぞ」

「うん。気を付けるよ」

俺の場合は、いざとなれば闇人形を量産して周囲の偵察とかできるから、迷ってもなんとかなりそうだけどね。

俺はそう思いつつも、闇人形に頼りすぎるのはよくないからちゃんと癖をつけておこうと心に刻む。癖をつけておいて損はない。冒険者として生きるなら、必須の技術だしな。

そのあとも親父やお袋から冒険者としての基礎を教えてもらいながら、森の中で見つけたゴブリンの足跡を追うこと一〇分弱。ようやくゴブリンたちが見えてきた。

数は五体で、何やらグギャグギャ言いながら地面を見ている。

もしかしたら、動物を殺して喜んでいるのかもしれない。

「いたな。あれがゴブリンだ。気持ち悪い顔面をしているだろ？　冒険者との喧嘩で〝テメェの顔面はゴブリンにも劣るな〟って言っておけばキレさせることができるから覚えておけ」

「なんの話だよソレ」

「実体験の話だ」

いや、今言うべき話ではないよね。

確かに口喧嘩で使えば相手をキレさせることは容易だろうが、それを今この状況で教える必要はない。

お袋も同じことを思ったのだろう。静かにため息をつきながら頭を抱えていた。

多分、親父はあとで怒られるな。

「ゴブリンの数はわかるか？」

「五体だね。さすがにレベルはわからないけど」

「わかったらビックリだ。ジークは〝スキル持ち〟じゃないんだからな」

親父はそう言うと、ゴブリンたちから死角になるように移動を始めた。

俺とお袋もその後ろをついていく。

この世界には多少の才能があれば使える魔術の他に、スキルと呼ばれる特殊な力が存在している。

スキルの種類は様々らしく、魔術のように炎の球を出せたり相手のレベルを確認することもできるそうだ。

しかし、このスキルは魔術師以上に所有者が少なく、さらに生まれてすぐにスキルを獲得する以外に得ることはできないとされている。

後天的にスキルを獲得することはできないというわけだ。

俺は残念ながら生まれながらにしてスキルを持っている人生勝ち組ではなかったので、素直に魔術や剣の技術を磨くしかない。

前世を引き継いでいるという点で見れば〝スキル持ち〟と言ってもいいかもしれないが、この世界で有名なスキルである〝聖女〟や〝勇者〟とは違う。

俺はあくまでも前世持ちというだけであって、スキルは発現していないのだ。

「よしジーク。ここからは一人でゴブリンたちを倒してみろ。大丈夫、今のお前なら一人で全員を倒せるだけの実力はあるはずだ」

「剣だけ？　それとも、魔術もあり？」

「その判断も自分でするんだ。冒険者はその都度適切な判断力が問われる。即座に正しい判断ができなきゃ死ぬだけだぞ」

「そうよ。まぁ、今回は私たちもついているから気楽にやりなさい。死にそうになったら助けてあげるわ」

逆に言えば死にそうにならないと助けてくれないのか……

俺は両親の若干スパルタな教育に体を震わせながらも、この世界で初めて自分の目で見るゴブリンたちを見据える。

闇人形たちですら圧勝できる程度の戦闘力しかないゴブリンたちに苦戦しているようでは、この先この世界で旅をするのは到底不可能。

心を殺せ。相手は害虫。要は北の過酷な大地には生息しない某Gを殺すように、事務的に処理するんだ。

違いは血が出るかどうかだけ。血なら闇人形との視界共有時に飽きるほど見ただろ。

俺はゆらりと剣を引き抜くと、牽制として第二級黒魔術の闇弾《ダークバレット》を五発同時に行使する。

魔力操作もこの数年でさらに向上し、攻撃魔術の中でも弱い第二級魔術ですら岩を砕けるほどになっていた。

「穿《うが》て」

俺の合図とともに闇弾は放たれ、正確にゴブリンたちの頭を貫く。

しかし、一体だけは足に闇弾を命中させた。

もちろんワザとだ。魔術に頼りきった戦い方はあまりよくない。魔物を斬り殺す感触を今のうちから覚えておかないと、いざというときに身体が鈍るかもしれないという判断だ。

「グギャ！」

唐突に足を貫かれ、仲間たちの頭が吹っ飛んだことでゴブリンは悲鳴を上げつつも根性で耐えてこちらに振り返り、その手に持った棍棒《こんぼう》を振り下ろしてくる。

親父の剣よりもかなり遅い。子どもがチャンバラで振る剣ですらもう少し早いぞ。

俺はゴブリンの懐《ふところ》に潜り込むと、そのまま剣を横凪に振り払う。

手に残る感触がとても気持ち悪いが、ここは弱肉強食の世界。動物愛護の精神なんて持っていたら死ぬのだ。

ゴブリンの胴体を真っ二つに切り分け一息つこうとすると、後ろから攻撃が迫ってきている感覚がしてその場を飛び退く。

反射的に反撃をしようとした俺だったがその攻撃が親父のものだとわかると、俺は攻撃に移るのをやめた。

あっぶね。もう少し反応が遅れていたら影の中にいた闇人形が動いていたな。

「お、ちゃんと警戒していたな。偉いぞジーク。魔物を狩ったからといって油断しないのはいい判断だ」

「もう少しわかりやすく仕掛けてほしかったかな。危うく父さんを殺すところだったよ」

「ハッハッハ！　俺も現役を引退したとはいえど、まだまだ動けるんだぞ？　我が子に斬り殺されるほど弱かねぇよ！」

親父はそう言って盛大に笑いながら、俺の頭をグシグシとなでる。

親父は俺が冗談で言っていると思っているが、わりと真面目に殺すところだったんだよな。

第四級白魔術〝光の鎖《ライトチェーン》〟で拘束したあと、即座に第四級風魔術〝風刃《エアカッター》〟を行使しようとしていたからね。

この世界は、基本的に同種族であるならレベル差が5以上あると勝てないとされている。が、それはあくまでも正面から戦ったときの話で不意打ちや予想外の反撃があった場合はその限りではない。

レベルが7の俺でも、戦い方次第では親父に勝てるのだ。

「それにしても、綺麗な魔術ね。到底独学で身に付けたとは思えないわ。無意識に〝身体強化〟も使っていたみたいだし」

「身体強化？」

「身体を魔力で覆うことによって自分を強化することができる技術よ。魔術を使わない剣士がよく覚えるわね」

「魔術とは違うの？」

「違うわよ。魔術は魔法陣を構築して魔力を媒介に起こすもの。身体強化は魔力を覆うだけで魔法陣を構築して現象を起こすわけではないもの」

なるほど。だから魔術基礎の本に載ってなかったのか。

魔力基礎の本にはそれらしい記述があったけど、身体強化とは書いてなかったな。

異世界の定番魔法である身体強化。作品によって位置づけが違うが、この世界では誰でも使える強化術なのだろう。

俺は無意識に使っていたようだが、本来は違うんだろうな。俺、もしかして天才か？　いや、真の天才はこんなに魔術理論の実験に苦戦しないか。

「父さん、なんで教えてくれなかったの？」

「いや、俺は使えねぇし」

親父に文句を言うと、親父はあっけらかんと答えた。

え？　使えないの？

「……ん？　剣士なら使えるんじゃないの？」

「剣士がよく覚えるというだけであって、誰もが使えるわけじゃないぞ。基本的に剣士ってのは魔術を使えないやつがなる職だからな。魔力操作があんまり得意じゃないんだよ。剣士でも身体強化を使えるやつは少ないぜ？　身体能力なんてレベルを上げればどうにでもなるからな」

「母さんの言い方だと、かなり多くの人が使っているように聞こえるんだけど」

「言葉足らずなんだよ。昔からな」

いや、言葉足らずというか言い方が悪いでしょ、これは。

抗議の意味を込めてお袋を見るが、お袋は可愛らしく首を傾げるだけ。お袋は贔屓目《ひいきめ》なしに相当美人なので様になるが、それで誤魔化されると思うなよ。

「母さん、剣士でも使う人は少ないらしいけど？」

「そうね。それが？」

「……いや、なんでもないです」

うん。こういうときのお袋は何を言っても無駄なので諦めよう。

一年も一緒に暮らしていると、自然とわかるようになるものだ。

俺はお袋に文句を言うのを諦めると、自分の手で殺したゴブリンたちの死体に目を向ける。

無残にも殺されたゴブリンたちは血の池を作り出し、臭さと臓物の生臭さが入り混じってとてつもなく不快な臭いになっていた。

だが、不思議と吐き気はしない。

うわぁ、とは思うものの、ただそれだけだった。

魔物の死体は何度も見てきているし、もしかしたら既に慣れてしまったのかもしれないな。

「よし、それじゃ解体するか。ゴブリンは心臓部にある魔石と尖った牙が売れる。それと討伐の証として右耳を切り落とすんだ。魔物を殺す際は、なるべく価値を下げないことも意識するんだぞ」

「わかったよ」

「でも、魔物の買取価格にこだわりすぎるのもダメよ？　命あっての冒険者。まずは生き残ることを最優先にしつつ、余裕があったら価値を下げないように殺しなさい」

確かに、魔物の買取価格を気にして魔物に殺されたら笑い話にもならんわな。

命あってのお金。命あってのレベリングである。

俺は両親から冒険者としての心得を聞きつつ、自分の手で殺したゴブリンたちを解体していく。

すまんなゴブリンたち。人間が生きるための糧《かて》となってくれ。

「そういえば、レベルは上がったか？」

「いや、まだだね。ゴブリンをどのぐらい倒せばレベルは上がるの？」

「レベル1から2に上げるなら、大体五から八体ってところだな。今回は運がなかったんだろ」

なるほど、一般的にはそう認識されているのか。俺のレベルの上がり方は一般的だな。

こうして、そのあともゴブリンを数体倒し、俺はレベルが上がったふりをしながら冒険者としての基礎を学ぶのであった。

◆　◆　◆

異世界生活一三年目。ついに一二歳となった俺は誕生日を迎えると同時に冒険者ギルドへと向かっていた。

レベルは目標にしていた二桁のレベル10にまで上がり、手段を選ばなければ本当に親父に勝てるかもしれないところまで来ている。

不意打ちなしでもワンチャン勝てそうだな。

親父は純粋な剣士であり、俺は手数の多い魔術師。さらには多くの魔術を習得しており、遠距離からの攻撃手段を持たない親父には遠くからペチペチと魔術を撃てば勝てる見込みもあるだろう。

レベル差を強引に埋められる魔術はやはりすさまじいな。

さて、そんな親父を超えるという話は一旦置いておく。この調子でレベル上げをしていればいつの日か超えられるだろうしな。

「この日のために色々と教えられたんだし、がんばらないとな」

初めて両親に街の外に連れ出されてからというもの、毎週外に連れ出されては魔物を狩ったり薬草の知識を詰め込まれたりしたので、冒険者としてやっていけるだけの技量はあるはずだ。

半年ほどはこの街でランクを上げつつ、下積みをがんばろうと思っている。

最低でも銅級冒険者にはなっておきたいな。

冒険者ギルドとは世界中に存在している組織であり、どこの国にも属さないとされている組織だ。

とはいえ、多少の干渉は受けるだろうがどこかの国に肩入れすることは決してない。

かつて冒険者ギルドを創り上げた偉大なる先人曰く、〝弱き民を守るため〟が理念だそうだ。

貧困層への仕事の斡旋《あっせん》などもしており、どの国にも欠かせない役割を持つ巨人な組織。

社会のセーフティーネットとしての役割もあるんだろうな。

そんな巨大な組織である冒険者ギルドには所属する冒険者に階級を付けており、下から鉄級、銅級、銀級、金級、ミスリル級、アダマンタイト級、オリハルコン級が存在している。

これはこの世界の金属の価値と全く同じ順番をしており、上に行くほどその階級にいる人は少なくなり権力が大きくなるのだ。

最高ランクであるオリハルコン級冒険者に至っては、一国の王ですら頭を下げる存在だと言われ、この世界に五人しか存在していない。

曰く、斬撃を空間に置いて斬撃の結界を作る飲んだくれとか。

曰く、拳一つで山を消し飛ばすオネエとか。

曰く、ところ構わず爆破し、周囲を焼け野原にする魔術師とか。

曰く、俺より強いやつに会いに行くスタンスで強いやつに片っ端から勝負を仕掛ける格闘家とか。

曰く、凍てつく氷塊を操り魔王の討伐に成功した寡黙な職人とか。

噂ではみんな自由人すぎて冒険者ギルドでも扱いきれない存在らしいが、それだけ強く我《が》も強いのだろう。

というか、この世界にも〝魔王〟と呼ばれる存在がいるんだな。差し詰め、魔王を討伐したと言われるオリハルコン級冒険者は勇者か？

別に勇者になりたいわけではないが、いつの日か魔王も討伐してみたいな。魔王から得られる経験値、美味しそうじゃない？

どうせ目指すならオリハルコン級冒険者を目指したい。

ちなみに、親父とお袋は銀級冒険者だ。

銀級まで行けばベテランと言われている。

「ここから俺の冒険者人生が始まるのか」

剣と盾が描かれた看板を掲げる建物。このマークが描かれているのが、冒険者ギルドである証だ。

今日は登録だけして明日から活動するつもりであり、初日だけは親父の知り合いである冒険者のゼパードのパーティーと共に行動することが決まっている。

つまり、冒険者ギルドのテンプレ展開は全く期待できなかった。

ちょっとやってみたかったんだけどな。〝ヘイベイビー！　ここは赤ん坊が来る場所じゃないぜ⁉

ガキは大人しくママのおっぱいでもしゃぶってるんだな！〟って言ってくるやつをボコす展開。

何をアホなことをと思われるかもしれないが、男とはそういう生き物である。あれだ。授業中にテロリストが現れて、それと戦うことを妄想するのと同じだ。

中学二年生の最も頭の悪い時期を生きた男ならわかってくれるはずだろう。

……わかってくれるよね？

誰に聞いてるんだよと俺は一人でツッコミを入れながら、冒険者ギルドの扉を開く。

中に足を踏み入れれば、一目で冒険者とわかる人たちで溢れかえっていた。

昼間から酒を飲む者、貼り出された依頼書を眺める者、受けた依頼書を広げて作戦を立てるパーティー、可愛い女冒険者をナンパする者とナンパがしつこくて相手を殴り飛ばす者。

正《まさ》しく混沌《カオス》であるが、全て親父やお袋から聞いた通りの光景だ。

「これが冒険者ギルド。なんというか、想像通りだな。ギルドの中に酒場があって、依頼書が貼り出されている。アニメで見た光景にそっくりだ」

俺は感動を覚えつつも、邪魔にならないようすぐに扉から退く。

感動するのもいいが、人の邪魔になってはいけない。冒険者登録する前から人と揉めたくないしな。

脇に逸れて冒険者登録のために受付へ向かう途中、俺は知っている声に名前を呼ばれた。

スキンヘッドで大剣を担いだ、いかにも人相の悪い冒険者。ゼパードのおっちゃんだ。

「お？　ジーク坊ちゃんじゃないか」

「久しぶり。ゼパードのおっちゃん」

「あー！　ジークちゃん！　おひさー」

「お、ジークか。あぁ、今日はジークの誕生日だもんな。明日は面倒を見るんだし、冒険者登録をしに来たのか」

「あらあら、ジーク君ももう冒険者になれるぐらい大きくなったんですね。私の記憶の中ではまだ赤子ですよ」

ゼパードのおっちゃんとそのパーティーメンバーは、俺を見つけるや否や俺の頭をぐしゃぐしゃになでる。

せっかく整えた髪が台無しになってしまったが、彼らには悪意はないので受け入れるとしよう。

明日も世話になるんだしな。

「今から登録か？」

「そうだよ。今日で晴れて一二歳になったからね」

「そりゃめでたいな！　懐かしいぜ。デッセンがジークを初めて俺たちに見せてくれてから、もうそんなに経つのか」

「あのときのジークちゃんも可愛かったね。すやすや寝てたっけ。ゼパードが大きな声を出してシャルルに怒られてたかな？」

「あー、そんなこともあったな。あのときのデッセンの顔は忘れられん。あんなにも顔が綻んでいたのは初めて見たな」

「シャルルさんも母としての顔になってましたね。本当に懐かしいですよ」

そうか、この人たちは俺が生まれたときから俺を見てきているもんな。

常連客の中でも一番関わりが深いのはゼパードたちだし、俺が一度騒ぎを起こしたときも面倒を見てくれたっけ。

「ジーク坊ちゃん。このあとの予定は？」

「冒険者登録をしたらないよ。強《し》いて言うなら、夜は父さんと母さんが祝ってくれるくらいで」

「デッセンの野郎も家庭を持ってからは随分と大人しくなったもんだ。昔はシャルルの誕生日を忘れて殺されかけたというのにな。精々しっかりと祝われてやれ。昼は俺たちが祝ってやろう」

「それは、昼飯を奢《おご》ってくれるということでいいのかな？」

「おうよ！　友人のガキが誕生日に冒険者となるんだ。祝わないと罰《ばち》が当たるってもんだぜ」

そういえば、ゼパードたちは俺が誕生日の日には必ず店に顔を出して俺に色々なものを食わせたり面白い話をしてくれたな。

もしかしたら、今日もここで俺が現れるのを待っていたのかもしれない。

人相は悪いが、本当にいい人だ。

「よし、ならちゃっちゃと登録を済ませちまおう。登録料は持ってきているか!?」

「銅貨五枚でしょ？　もちろん持ってきているよ」

俺はそう言うとポケットから銅貨を五枚取り出す。

この世界の通貨はギルドのランクと同じで、下から鉄貨、銅貨、銀貨、金貨、ミスリル貨、アダマンタイト貨、オリハルコン貨となっている。

一〇〇枚で一つ上の硬貨と同じ価値になり、銅貨一つでパンが一つ買える値段となっている。

土地によって物価は違うだろうが、少なくともこの街ではそうなっていた。

もちろん、偽造ができないように細かい細工が施されており、鉄貨や銅貨はどう見ても赤字だろうと思うほど装飾は凝っている。

日本の一円玉も一つ作るのに約三円かかるらしいし、価値の小さい硬貨を作るのは大変なんだろうな。

この硬貨は基本的にどこの国でも使えるが、それは銀貨まで。金貨以上の大金は金の内包率から銀貨に変えられたり、その国の価値に合った硬貨へ替えられる場合があるそうだ。

これは昔、金の量をちょろまかして金貨を製造した国が多発したため、その対策として作られた法律なのだとか。

今では大帝国金貨、王国金貨、皇国金貨と呼ばれる三種類の金貨以外は、両替が必要となっている。

この三種類の金貨は、この大陸の中でも最も強く大きい国々が発行している貨幣であり、信頼性が高いらしい。

大きな買い物をしない限りは銀貨で済むので、庶民には関係のない話だ。

「ちゃんとあるな。なら一緒に行くか。俺といたほうが話が早い」

「いいんじゃないか？　俺たちは先に料理を注文しておくよ」

「そうしておいてくれ。さ、行こうぜジーク坊ちゃん。坊ちゃんの新たな英雄譚の幕開けだ」

「坊ちゃんはやめてくれよ。店で呼ばれるのはともかく、外で呼ばれるのは恥ずかしい」

「ハッハッハ！　それもそうか！」

こうして、豪快に笑うゼパードに連れられて、俺は特に問題もなく冒険者登録を終えるのであった。

ゼパード、本当に顔が広くて有名なんだな。皆、ゼパードを見ると友人のように話しかけていたよ。


銀級冒険者のゼパードのおっちゃんの手伝いもあり、冒険者登録を無事に終えた翌日。

俺は鉄色に輝く冒険者カードを眺めながら冒険者ギルドへとやって来た。

どれだけ実力を持っていようとも最初は皆鉄級冒険者から始まるので、俺もその例に漏れることなく鉄級冒険者から始まる。

昨日はゼパードのおっちゃんたちと両親に誕生日を祝われ、両親からは誕生日プレゼントとして冒険者に必要なアレコレを貰った。

いつの間に採寸したのか、体の成長を見越した少し大きめの革防具や耐久に優れたバッグや靴。俺が振り回しやすいように調整された鉄の剣にｅｔｃ．……

相当金がかかったであろう俺への誕生日プレゼントは、俺が冒険者として無事にやっていけるように、できる限り死亡率を下げてくれる物ばかり。

危険と隣り合わせの冒険者になることを簡単に了承してくれたとはいえ、親父もお袋も俺のことが死ぬほど心配なのだろう。

その日の夜は久々に家族三人で川の字になって寝た。

日が昇り始めたと同時に家を出て冒険者ギルドの扉を開く俺。今日から俺は冒険者。割のいい依頼というのはすぐになくなるので、なるべく早く冒険者ギルドに足を運んで確保しようと思っていたのだが……

「なんだこれ。ラグビーやアメフトよりも酷いな。満員電車のほうがまだマシだ」

どうやら俺が来た時間ですら遅かったらしい。

既に多くの冒険者たちが集まっており、我先にと割のいい依頼を奪い合っていた。

さながら、バーゲンセール会場に来た主婦たちだ。

違う点があるとするなら全員が武器を持っていることと、当たり前のように肩で相手を弾き飛ばしていることぐらいだろう。

通勤ラッシュ時の人混みに慣れている俺ですら、さすがにこの中に混ざる勇気はない。

まだまだ成長途中の俺では、ガタイのいい冒険者たちに吹っ飛ばされる未来しか見えないな。

「お、ジーク坊ちゃんじゃないか。おはよう」

「おはようゼパードのおっちゃん。すごい人混みだね」

「朝は毎度こんな感じさ。低ランクの割のいい仕事は早い者勝ちだからな。もし受けたいなら明日からもう少し早く来ることをおすすめするぜ。常設の依頼を受けるなら別だがな」

朝の冒険者ラッシュに驚いていると、その様子をニヤニヤと眺めながらゼパードのおっちゃんが話しかけてくる。

冒険者ギルドに来る依頼は大きく分けて三つ。

一つ目は目の前で取り合っている通常依頼。

依頼主がギルドに金を払って冒険者を雇う。これはその日その日で依頼内容が変わるので、こうして割のいい依頼をみんなが死ぬ気で奪い合うのだ。

二つ目はゼパードのおっちゃんが言った常設依頼。

これは冒険者ギルドからの依頼であり、いくらあっても困らない薬草の採取やゴブリンなどの素材なんかを集めてくる。

しかしながら、基本は通常依頼のほうが報酬は大きいので他の依頼を受けていたときにたまたま取れたりした薬草や魔物の素材を売るために受けることが多い。

そして最後の三つ目が指名依頼。

これは、通常よりも高い金を払って特定の冒険者に依頼を出すやり方だ。

依頼の内容は様々だが、多くの場合は高位冒険者を雇い入れて確実に仕事を成功させるために使われる。

中には特殊な技能を持った冒険者もおり、低級冒険者でありながら指名依頼を受けて稼ぐ者もいるそうだ。

今日は大人しく常設依頼を取ることになりそうだな。この感じだと割のいい依頼も残ってなさそうだし。

「常設の依頼は何を取ってくればいいんだっけ」

「薬草や魔物の素材なら基本はなんでも大丈夫だ。大抵のものは常設依頼に入ってる。常設依頼にするか？」

「そうするよ。俺があの中に入っても吹き飛ばされるだけだしね」

「ハッハッハ！　まだまだジーク坊ちゃんは小さいからな！　軽く小突いただけで吹き飛ばされるのは間違いない！」

ゼパードのおっちゃんは豪快に笑いながらそう言うと、俺の頭をぐしゃぐしゃとなでる。

昨日もそうだが、セットした髪を崩さないでくれ。

俺はそう思いつつも、ゼパードのおっちゃんに連れられて冒険者ギルドをあとにする。

街の南門。俺が放置狩りをしている森に近い門へと行くと、そこにはゼパードのパーティーメンバーたちが既に準備を終えて待っていた。

大盾を背負うグルナラに、いかにも魔法使いですと言わんばかりのローブととんがり帽子を被ったフローラ。そして冒険者というよりはシスターにしか見えないラステル。

彼らは俺たちを見つけると、大きく手を振りながらこちらへ近づいてきた。

「おはようジーク。随分と様になってるじゃないか。デッセンたちからのプレゼントか？」

「そんなところだよ。多少の調節ができる革防具だから、長く使えそうだよ」

「おぉ、あのジークちゃんがしっかりと冒険者らしい恰好をしているね。カッコいいじゃん！」

「ふふっ、ジーク君ももう冒険者ですからね。私たちと同業者ということになりますか」

「今日はよろしくお願いします。父さんが無理を言ったようで」

各々が反応する中、俺は丁寧に頭を下げておく。

友達のような距離感で付き合っていたとしても、相手はベテランであり、こちらの都合に付き合わせているのだ。

親しき仲にも礼儀あり。礼儀があるとないのとでは、相手に与える心象は大きく異なる。

「おうよ！　俺もダチの息子は心配だしな。ちゃんと冒険者をやれるかどうか見てやるよ！」

「今日はジークにほぼ全てを任せるからよろしく。いざとなれば助けるけど、それを期待してはいけないよ」

「ジークちゃんカッコいい！　がんばってね！」

「安全第一にがんばりましょう」

「わかってるよ大丈夫。勇敢と無謀を履き違えるほど、馬鹿じゃないつもりだから」

「ハハッ、それは楽しみだね」

またしてもぐしゃぐしゃと頭をなでてくるグルナラとゼパードのおっちゃんに少しうんざりしながらも、俺たちは南門を出て森へと向かう。

念のため、闇人形の何体かは俺の影の中に入ってもらうか。

万が一があっても困るしな。

レベルだけで言えばそれなりの強さを持っているが、レベルが高いからといって冒険者が務まるわけではない。

両親に口煩く言われたことを思い出しつつ、俺は初めての冒険者生活の一歩を踏み出すのであった。

◆　◆　◆

ジークが初めての依頼を受けて街を出た頃、デッセンとシャルルは店で仕込みをしていた。

普段ならばまだ寝ている時間だが、二人とも息子が家を出る姿が見たくて早起きしたのである。

「……あなた、手が止まっているわよ」

「そういうシャルルこそ止まってるじゃないか……はぁ」

せっかく早く起きたのだから早めに仕込みをしようとしているのにもかかわらず、その手の動きは遅い。

その理由は言わずもがな。

今朝送り出したジークのことが心配で仕方がなかったのだ。

今日は銀級冒険者が保護者としてついているとはいえど、心配なものは心配。子を思う親の心には嘘はつけない。

「……俺の両親もこんな感じだったのかもしれないな。俺の場合は家を飛び出したけど」

「そうね。私も同じ気分よ。子を持ってようやく親の気持ちがわかるとはね」

危険な魔術の研究をしていたときですら少ししか心配していなかった二人が、今日は想像以上に気に病んでいる。

二人はようやく冒険者になることを反対する親に気持ちがわかりつつも、自分たちがジークを止める権利はないと理解していた。

冒険者になると疑っていなかったし、自分も元は冒険者。そんな親が、子が冒険者になることを止められるはずもない。

「明日はもっと心配だな。ゼパードに明日もこっそり護衛するように頼むか？」

「……いいかもしれないわね。一週間ご飯代をタダにすれば引き受けてくれそうだし、頼んでみようかしら。ジークも人に好かれやすい性格をしているから、きっと守ってくれるはずよ」

「はぁ、ジーク。無事に帰ってきてくれよ」

「あの子は賢いし、強いから大丈夫だとは思うけど、心配は心配なのよねぇ。たまに暴走して変なことをしでかすし……はぁ」

朝日が昇る中、夜は冒険者たちが騒ぐ店の店主たちのため息は続く。それは、ジークが帰ってくるそのときまで。

もしかしたら、親離れよりも子離れのほうが難しいのかもしれない。

◆　◆　◆

ゼパードのおっちゃんたちと話しながら、俺は何度も訪れている森に足を踏み入れる。

この森の浅い場所は、俺の師匠といっても過言ではない。レベルが低いときは放置狩りの場所としてお世話になったし、冒険者としてのイロハを学ぶときもお世話になった。

闇人形たちは、森の奥のほうで今日も俺のために狩りをしてくれている。いまだに数の暴力による虱潰しが最適なレベリング方法なのはどうにかしなければならないが、やはり解決策を思いつかないのでがんばってもらうしかない。

ゲームの世界なら無限湧きしてくれるから楽なんだけどな。経験値が向こうから歩いてくるなんて都合のいい話は、この世界では存在しない。

「ジーク、まずは何をするんだ？」

「まずは魔物を探しつつ薬草でも集めるよ。薬草もたくさん集めればいい値段になるらしいからね」

護衛として来ているゼパードのおっちゃんが俺に何をするか問うが、この森でやることなど大体決まっている。

薬草の採取と魔物の討伐。

この森に鉱石などないし、特殊な依頼を受けているわけでもないのでこれ以外にやることがない。

俺はズカズカと森の中に入っていくと、親父から教わった通り途中で木に傷を付けながら闇人形の回収を試みる。

ゼパードのおっちゃんどころか、両親ですら知らない闇人形。

現在は第四級魔術の行使は切り札として、なるべく人前では切らない方針なのだ。

狩りをしている闇人形をいくつか消して、誰も見ていない場所で再召喚すればよかったのだが、ゼパードのおっちゃんたちに会ってから思い出したのは失敗だったな。

いつもなら忘れないのだが、今日は珍しくポカった。

普段通りに振る舞えているつもりなのだが、知らず知らずのうちに緊張しているかもな。

「迷いなく進むな」

「何か目印でもあるのか？　それとも適当か？」

「んー、今の段階じゃ何も言えないね。森の中を歩き慣れている感はあるから、少なくともツタに引っかかるとかはなさそうだけど」

「ジーク君、私より歩くのが早いんですけど……ちょっと待ってほしいです」

「それは、そのシスター服が動きにくいからだろ。だから森に適した服装にしろって言ってんだよ」

「私は仮にも聖職者ですよ？　シスター服を脱ぐことはありませんよ」

「〝仮にも〟って言ってる時点でダメなんだよなぁ」

俺の後ろをついてくる四人は、雑談を交わしながらも周囲の警戒を怠ることはない。

これがベテランか。普段通りにしているのに、隙が全くない。

親父やお袋もそうだが、銀級以上の冒険者は軽口を叩きながらも周囲の警戒ができるんだな。

俺にはまだできない芸当だ。レベルが上がろうとも、こういうところで経験の差が出てくる。

あのレベルに行くまでにいったいどれだけの時間を要するのだろうか。

俺はそう思いつつも闇人形たちを数体回収し、自分の影の中に待機させる。

これで不意打ちは防げるだろう。俺の剣も防げるだけの防御力はあるのだし、背中を預けても問題ないな。

ゼパードパーティーの会話を聞きつつ森の中を歩くこと十数分。俺は魔物が残した痕跡を辿り、ゴブリンの群れを発見する。

本当にこの森はゴブリンがよく出てくるな。両親とこの森に来たときは、必ずと言っていいほど戦う魔物だ。

「数が多いな……ひぃふぅみぃ……一二体もいるぞ」

「珍しいな。ゴブリンの群れってのは大体五から六体ぐらいが平均なんだが、今回はその倍もいるじゃねえか。逃げるか？」

「は？　なんで逃げるのさ」

ゼパードのおっちゃんの提案に思わず素《す》で反応してしまう。

既にゴブリンから得られる経験値はかなり少ない（検証は諦めているから違うかもしれないが）。しかし、今も尚、貴重な経験値であり金蔓《かねづる》だ。

逃げの一手なんてあり得ない。

ゼパードのおっちゃんは、相手の数が多いため俺一人では対処しきれないと考えているのだろう。

魔術の研究をしているのは知っているが、俺がどの程度の魔術を行使できるのかを知らないのだ。

親父から最低限の情報は聞いているだろうが、そのどれもが嘘の情報だしな。

ゼパードのおっちゃんたちはどうしたものかと俺を見るが、引く気のない俺を見て諦めたようにため息をつくと俺の肩に手を置いた。

「これも経験か。ジークがそう判断したならやってみるといい」

「大丈夫、死なせはしないから。いざとなれば助けるよ」

「回復は任せてください。第三級白魔術までなら行使できますから」

「がんばってね！　ジークちゃん！」

俺は、俺が既に負けると思っているゼパードのおっちゃんたちに若干イラッとした。

唯一フローラだけが純粋に応援してくれているが、残りは俺が負ける未来しか見えてないようだ。

イラッとしたとき、顔に出さなかった俺は偉い。たとえ負けると思ってても、そこは応援しろよ馬鹿野郎。

もちろんゴブリンだからといって侮ることはしない。この世界にレベルという概念が存在している以上、レベルが高ければ強いのだ。

やるからには、全力でやる。手札を隠す都合上使える魔術は限られるが、その中で最善を尽くすのだ。

俺は今最も得意な黒魔術の中から、第二級黒魔術の闇弾の魔法陣を二〇個同時に描き始める。

お袋にも褒められた魔力操作と桁外れの魔力量によって描かれた魔術は、通常の第二級魔術とは比べ物にならないほどの威力を持つのだ。

「は？　え？　ジークちゃん何やってんの!?」

「これは……第二級黒魔術の〝闇弾〟？　ですが、数が多すぎますよ」

「すごいのか？　魔術の同時行使なんてお前もやってただろ？」

「数が違いすぎるよ！　それに、魔術に込められている魔力が尋常じゃない！　第二級魔術に込める

魔力量だよ！」

「魔術構築も早すぎます。魔力操作が並外れている証拠ですね……シャルルはこんなことができるなんて一言も言ってないんですけど」

ワイワイと騒ぐ四人だが、今は静かにしてくれ。気が散るし、声が大きすぎてゴブリンに気付かれる。

事実、耳のいいゴブリン数体が、こちらを今まさに振り向こうとしていた。

が、俺の魔術行使のほうが一足早い。

「貫け」

闇弾を二〇個同時に行使。一二発はゴブリンに向かって飛ばし、残りは仕留めそこなったときのために待機させた。

「グギ！」

「グガッ！」

「グギャ！」

ゴブリンたちの悲鳴が次々と森の中で木霊《こだま》する。

放たれた闇弾は正確にゴブリンたちの頭の上部だけを吹き飛ばし、討伐証明となる耳と牙を残して肉塊へと姿を変えた。

念のため少し多めに闇弾を用意したが、いらなかったな。

闇人形と闇剣を即座に何体も出現させられるように魔術の訓練を積んできたかいもあってか、この程度の魔術行使では負担を感じない。

あと、三〇個ぐらいは余裕で増やせそうだ。

俺は自分の成長に満足しつつ待機させていた残りの闇弾をキャンセルすると、周囲の警戒を怠らずにゴブリンたちの死体を確認しに行く。

「よし、ちゃんと全部頭の上だけを吹っ飛ばせたな。闇弾に関してはほぼ完璧と言っても過言じゃないかも」

「すごいじゃないか。正直、数の暴力にやられて痛い目を見ると思ってたぞ」

「俺も思ってたよ。フローラやラステルが驚くほどの魔術を行使できるなんて、さすがはあの二人の子どもだね」

「色々と鍛えられてきたからね。魔術はほぼ独学だけど」

「え？　嘘。魔術の研究をしているのは知っているし、魔術の腕もかなりのものとは聞いていたけど、ここまですごいなんてことある？　銀級どころか金級冒険者としてやっていけるだけの実力があると思うんだけど」

「同じことをやれと言われても無理ですね。ジーク君、もしかしなくとも神童なのでは？」

魔術の難しさを理解しているフローラとラステルは心底驚き、魔術の難しさを知ってはいても理解はしていないゼパードのおっちゃんとグルナラは俺の魔術に感心する。

魔術師と戦士の魔術における認識の違いはかなり大きそうだな。こういうのは実際に経験しないとわからないものである。

俺はそのあと、親父から教わった通りにゴブリンたちを解体して、人生で初めての一人での狩りを成功させるのであった。

◆　◆　◆

そのあとも森を歩き続け、それなりの収穫を得て初日の冒険は終わった。

まだ日が落ち始めたぐらいの時間だが、初日だし今日は早めに切り上げていいだろう。

今日の成果はゴブリン一八体とスライムと呼ばれる最弱の魔物三体。そして、様々な薬草が鞄《かばん》いっぱいである。

最初は魔物ばかりを探していたのだが、圧倒的に効率が悪そうなので薬草採取に途中から切り替えた。

どのぐらいの金額になるのかな？　個人的には銅貨五〇枚分ぐらいになると予想しているが……。

「すげぇなジーク坊ちゃん。薬草のこともちゃんとわかってたし、魔物相手に一切怯えることなく的確に殺す。デッセンが護衛依頼を出してきたから、てっきりダメダメだと思ったぜ」

「そうだね。ゴブリン一二体と戦うときなんかは正直ボコボコにされると思ってたよ。ジーク、失礼を承知で聞くがレベルはいくつなんだい？」

冒険者にとって、自分のレベルを教えるというのは生死を分けるほど重要なものだ。

自分のレベルは、よほど親しく信頼できる相手でないと教えてはならないと両親からも言われている。

前の世界風に言うなら、自分の住所や口座番号をネットの海に公開してしまうのと同じ。前の世界のほうが圧倒的に悪用される確率が高いので少し意味合いが違うかもしれないが、こういうことだぞと思っておくのがいいだろう。

もちろん、グルナラの質問に答えるわけがない。

親しい相手ではあるが、教えるほど親しくはないのだ。

俺は人差し指を口元に当てると、ニッと笑う。

「内緒。でも、ゼパードたちよりは低いと思うよ」

「当たり前だ。俺たちより高かったらビックリだよ。それにしても、危機管理もしっかりしてるぜ。デッセンとシャルルは冒険者の基礎をみっちりと叩き込んでんな」

「全くだよ。レベルを教えないのは正しいよ」

「ねぇねぇ、ジークちゃん。魔術は全部独学？」

「んー、母さんが少しは教えてくれたし、完全な独学ではないね。でも大半は独学かも」

「すごっ。私なんて師匠に泣かされながら魔術を覚えたのに……」

フローラはそう言うとガックシと肩を落とす。

俺は幼い頃から魔術に触れてきたし、何より先入観がない。この世界の常識は、前の世界の非常識。

何から何まで新鮮だったあの頃は、全て自分なりの解釈が必要であった。

自分なりに魔術を理解しつつ、自分に合った魔術行使のやり方を見つけ出して実行しているので、おそらくフローラと俺の行っている魔術行使は似て非なるものだろう。

何より、俺は三歳の頃からずっと魔力操作を行っている。

必要なときに必要な分だけ魔力操作をしている魔術師とは訳が違うのだ。俺は今や無意識のうちに魔力操作をしており、今も体内で高速に魔力を循環させつつ闇人形たちに魔力を送っている。

〝魔力操作だけならこの世界の中でも上位に入れるのでは？〟と最近は思っているほどだ。

「ハッハッハ！　フローラは良くも悪くも馬鹿だからな！　そのお師匠様も魔術を教えるのは大変だっただろうよ！」

「ゼパード。あなた、焼き殺されたいの？」

「フローラさんは頭脳明晰で物覚えもいい天才ですよ。かつて魔術を生み出した大賢者様に次ぐ逸材です」

「よろしい」

フローラの殺気に当てられて、全力でヨイショをするゼパードのおっちゃん。この二人はこういうやり取りが多いな。

仲がいいことはよろしいことである。

二人のやり取りに思わず笑みがこぼれつつ、俺たちは冒険者ギルドに帰ってきた。

他の冒険者たちはまだ依頼から帰ってきてないのか、ギルドの中はかなり空《す》いている。

ピーク時になると受付に長蛇の列ができあがり、場合によってはギルドの外まで列が並ぶこともあるそうだ。

それだけ冒険者が多いってことだな。

この小さな街ですらそれだけの冒険者がいるとなると、この世界にはどれほどの冒険者がいるのだろうか。そして、その中でたった五人しかいないオリハルコン級冒険者とはいったいどれほど強いのだろうか。

噂では、最上級魔物相手に単独で勝てるなんて話もあるが、実際は見てみないとわからない。

オリハルコン級冒険者の話はどれもぶっ飛びすぎてて、何が真実なのかわからないんだよなぁ……。

俺はそんなことを思いながら、受付のお姉さんに話しかけた。

常設依頼の場合は、依頼の紙を持ってなくても問題ない。俺が心配なのか、ゼパードのおっちゃんたちがついてきているが気にしたら負けだ。

「すいません。常設依頼の達成を報告したいんですが……」

「あー、はいはい。それじゃ、ギルドカードを出してもらえるかな？」

「はい」

俺は言われるがままにギルドカードを出す。

完全に子ども扱いだな。この世界の成人は一五歳からなので、子どもなのは間違ってないが。

紫と黒が混じったポニーテールの髪をしたお姉さんは、俺から受け取ったギルドカードをとある魔道具にかざすと、何かを確認して俺に戻す。

おそらく、ギルドカードが本物かどうかを確認したと思われるが、俺はギルド職員ではないので違っているのかもしれない。

「それで、何を持ってきたのかな？」

「これをお願いします」

子どもが相手のためか優しく声をかけてくれるお姉さんに、俺は背負っていたバックパックの中身を少しだけ出す。

受付のカウンターは狭いので、持っている薬草を全部出せないのだ。

というわけで、薬草の束を一つ取り出したのである。

しかし、見せるならバックパックの中身を見せるべきだった。受付のお姉さんは俺が取ってきたのはこれだけかと勘違いし〝査定するね〟と言って、後ろに行ってしまったのである。

俺が引き留める間もなく受付の奥に消えてしまったお姉さんを見て、俺はどうしたものかとゼパードのおっちゃんを見る。

ようやく初心者冒険者らしいミスをしたからか、ゼパードのおっちゃんの顔は少し嬉しそうだった。

「今のはジークが悪いな。見せるなら全部、もしくは量が多いからカウンターに移動したいと言うべきだったぞ」

「受付嬢には二度手間を取らせたね。申し訳ない」

「これも慣れですし、初心者冒険者なら一度はやる失敗です。ジーク君は賢いので、すぐに慣れると思いますよ」

少しすれば、受付のお姉さんが戻ってくる。その手には光り輝く銅貨が握られていた。

「はい、これが査定分と依頼報酬だよ。全部合わせて銅貨五枚だね」

へぇ、薬草の束一つで銅貨五枚か。依頼報酬が確か銅貨二枚のはずだから、買取価格は銅貨三枚。親父から聞いていた相場通りだな。

俺は一旦〝ありがとうございます〟と言ってお金を受け取ると、申し訳なさそうにバックパックの中を見せた。

「あの、今のはほんの一部なんで、全部の査定をお願いできますか？」

「……ん？　それは君が全部採ってきたの？」

「はい。すいません。昨日冒険者になったばかりで、どうしたらいいかわからず……」

「あー、なるほど。それはしょうがないね。結構量がありそうだし、カウンターに行こうか」

多分、この見た目じゃなかったら嫌そうな顔をされていたんだろうな。

もしもこちらの世界に来る前の姿だったら、面倒くさいオーラが滲み出ていたことだろう。

今は子どもだからお姉さんも優しく接してくれているが、大人になればそれ相応な態度に変わる。

あぁ、ずっと子どものままでいたい。

俺はそう思いつつ、お姉さんに連れられてギルドの査定所に向かうのであった。

これが終わったら、報酬金で両親に何か買ってあげるか。

◆　◆　◆

冒険者としての仕事を終えてから一週間後。俺は順調に冒険者稼業を続けていた。

初めて自分で稼いだ金のほとんどは両親へのプレゼントで吹き飛んでしまったが、そのあとは貯金を続けて今後ダンジョンのある都市へ行くための資金とするつもりである。

初日に稼いだ額は銅貨八三枚。安めの宿に泊まっていれば三日から四日ほど泊まれるお金を稼いだが、これを安定させるとなると結構難しい。

初日は運よく大きめのゴブリンの群れに当たったが、毎度毎度そんなに都合良くいかないのが現実。調子のいい日は銀貨一枚ほど稼げたが、悪い日は銅貨五〇枚弱のときだってあった。

俺の場合は宿代も飯代もかからないので稼いだ分をそのまま貯金できるが、この街を出たらそうもいかない。

宿代と飯代はもちろんかかるし、その中で貯金しなければならないのは大変だろう。

家に金を入れようとしたら〝今後のために貯金しておけ〟と言ってくれた両親には感謝しかない。

ちなみに、初日に稼いだお金でプレゼントしたのはアクセサリーだ。

親父には安物のネックレスを。お袋には安物の髪留めを。

一つ大体銅貨四〇枚の安物だが両親はたいそう気に入ったようで、次の日からそのアクセサリーを身に着けて店を営んでいる。

それはいいのだが、来る客来る客にそのアクセサリーを自慢しないでほしい。

一緒にアクセサリー選びを手伝ってくれたゼパードのおっちゃんたちはともかく、よく店に来る常連客にまで生温かい目で見られるのはさすがに恥ずかしい。

しかし、我が子から贈られたプレゼントで浮かれる両親に〝やめてくれ〟とは言えないので、俺は大人しくからかいを受け入れるしかなかった。

「で、なんで冒険者ギルドに呼び出したの？　父さんからまた依頼でも貰った？」

「いや、今日はこの街の風物詩が見られるから呼んだのさ。タダ飯を食わせてやるから見ようぜ」

「風物詩？」

朝からゼパードのおっちゃんに冒険者ギルドへ来いと呼ばれ、やって来た俺は首を傾げる。

この街には長く住んでいるが、この季節に何か祭りがあったとは記憶していない。

今日はやけに冒険者が多いなと思っていると、昼間から酒を飲んでいたフローラが補足を入れる。

「正確には、冒険者ギルドの風物詩だねぇ。懐かしいなぁ、私も七年ぐらい前にやったっけ」

「フローラ、あなた、飲みすぎですよ」

既にできあがっているフローラはそう言いながら、隣に座るラステルの体をベタベタと触っていた。

フローラは酔うと人に絡むタイプか。今は同性のラステル相手だから問題ないが（ラステルは嫌そうにしているけど）、異性相手にそんなことをした日にはそのまま待ち帰られそうである。

フローラ、明るい性格なうえにかなりの美人だからモテるんだろうな。問題は怒らせると魔術を撃ってくることぐらいか。

まだ見たことはないが、ゼパードのおっちゃん曰くフローラがこの四人の中で怒ると一番怖いらしい。

なんでも、昔フローラを怒らせた冒険者が全身火だるまになったんだとか。

間違っても怒らせないようにしないとな。俺は好き好んで自ら虎の尾を踏む趣味はないのである。

「冒険者ギルドの風物詩か。いったいなんなの？」

「見りゃわかるさ。俺たちはともかく、ジーク坊ちゃんは参加するかもしれないぞ」

「確かに。新人で魔術が使える貴重な人材だもんな」

「は？　何を言って――」

何を言っているんだ？

俺がそう言いかけたそのとき、冒険者ギルドの扉が勢いよく開かれる。

やってきたのは四人……いや、一人、相当本気で気配を消しながら人々の視線の死角に入って上手く隠れているやつがいるな。全員で五人か。

全員が魔術師の格好をしており、体を覆う大きなローブと杖、そして特徴的な帽子を被っていた。

この見た目で全員若いとなれば大体の想像はつく。おそらく、この街の魔術学院の生徒たちだ。

ギルド内にいるほとんどの冒険者が五人に注目する中、俺はのんびりと昼飯を食べるグルナラに質問を投げかける。

「これが風物詩？」

「そうだよ。今日は魔術学院の卒業式なんだ。そして、魔術学院へ残らず冒険者になろうという変わり者たちが登録をしに来る日さ。彼らは即戦力の魔術師だからな。冒険者登録が終わったその瞬間に、自分たちのパーティーに入ってくれと人が群がるのさ」

「へぇ、確かにそれが毎年続けば風物詩になりそうだね」

「鉄級から銅級の冒険者がこぞって勧誘する姿は圧巻さ。ジーク、お前も参加しなくていいのか？」

「いいよ俺は。魔術師は俺一人で事足りてるし」

「ハッハッハ！　そりゃそうか。学院を首席で卒業したフローラですら驚く魔術を使えるんだから、必要ないわな！」

グルナラは豪快に笑うと、俺の背中をバシバシと叩く。

痛い痛い。レベルが上がっているとはいえ、耐久力は人間と変わらないんだぞ。もっと丁重に扱え。

「ジーク君はこのまま一人で冒険者を続けるのですか？　あのレベルの魔術を使えるなら、銀級冒険者のパーティーでもやっていけそうですけど」

「今は考えてないかな。いつかはパーティーを組むことになるけど、まずは俺と旅ができる人じゃないと。それと、最低限自分の身を守れる人だね。それが第一条件だよ」

「それは……難易度が高そうですね。旅をするとなれば、危険度が信じられないぐらい跳ね上がりますし」

「一応言っておくが、一人旅も危ねぇからな？」

「わかってるよ。もう少し強くなってからこの街を出るさ」

俺がそう言うと、ギルド内がワッと湧き上がる。

どうやら、魔術学院の卒業生たちが冒険者登録を済ませたようだ。

それと同時に一気に人がなだれ込み、早朝の通常依頼争奪戦のようなむさ苦しい押し合いが始まる。

あの中に入りたくないし、巻き込まれたくもないな。

卒業生たちもビビって逃げるんじゃないか？

「おうおう、相変わらずスゲェ人混みだ。ジーク坊ちゃんは行かなくていいのか？」

「その話はさっきしたでしょ。下手な魔術師よりも俺のほうが強いし、今は必要性を感じないね」

「アハハハハ！　それはそうだがな！　だが、パーティーを組む利点は大きいぜ？　旅をするなら特にな」

「俺は別に一人のままでもいいよ。ゼパードのおっちゃんたちみたいにみんな仲良くてきればいいけど、そうもいかないのが人間だからね。人も知らんのにいきなりパーティーを組むのはちょっと」

「ジーク、お前歳いくつだよ……」

一二歳ですね。前世を含めたらゼパードのおっちゃんたちよりも生きてるけど。

こっちの世界に来てから随分と年相応の態度や考え方になったとは思うが、だからといって前世で学んだ経験を生かさないわけではない。

知らない人間にいきなり背中を預けるということは、できる限りしたくないのだ。

気が合えばいいが、致命的に気が合わない相手の場合は面倒事しか待っていない。少なくとも、あそこで目立ちたがり屋なのか杖を見せびらかす男魔術師とは仲良くできそうもないな。

……ん？　そういえば、気配を全力で殺していたやつがいないぞ。

ギィ、と扉を開く音が聞こえそちらに目を向けると、その人物は冒険者ギルドから出て行こうとする寸前であった。

あの人混みの中、目立つ格好でいるにもかかわらず誰の目にも留まっていない。

俺は、その人物に少し興味を持った。

わずかだが、魔力の流れを感じるし、あの気配の薄さは魔術によるものかもしれない。

俺は席を立つと、慌ててあとを追う。もちろん、奢ってもらったお礼は言ってから。

「……ご馳走様。また奢ってね」

「お？　ジーク坊ちゃん、もう行くのか？　今から魔術を訓練場で披露してくれるみたいだぞ」

「ちょっと用事を思い出したんだ。それに、多分大した魔術じゃないよ。今さっき使ってた第一級魔術を見てわかった」

「確かにジークちゃんから見たら下手くそな魔術だったよねぇ。また飲もうねー」

「ジークはまだ酒が飲める年齢じゃないだろ。飲ませたらシャルルに怒られるぞ」

この世界の成人は一五歳。酒が飲める歳も同じなので、あと三年は飲めんな。

そもそも俺は酒があまり好きではないので、成人しても飲まないが。

俺はゼパードのおっちゃんたちに別れを告げると、ギルドを出て行った魔術師のあとを追うのだった。

◆　◆　◆

この街の冒険者ギルドの風物詩から上手く逃げた魔術師を追うこと数分。彼女は自分がつけられていることを察したのか立ち止まると、振り返ることもなく俺に声をかけてきた。

「勧誘は結構なので」

「いや、勧誘するつもりじゃないんだけど」

勧誘をするために追いかけたわけではないが、この状況では勧誘と思われても不思議ではないか。

彼女は魔術学院を卒業して冒険者になったのだから、勧誘と思うのが自然である。

俺が勧誘するつもりはないと答えると、魔術師は振り返り怪しげな視線を俺に送ってくる。

凍てつく氷雪を連想させる白銀がかった水色の長い髪がなだらかに揺れ、深淵をも見通せるほどに透き通った紫色の瞳がこちらを覗く。

魔術学院を卒業しているのだから、年齢は一五歳のはず。しかし、その凛とした雰囲気と鋭い眼光からもう少し上に見えてしまう。

間違っても口には出さないが。

「では何の用で？」

「いや、あの大勢の人混みの中からいち早く抜け出したのが気になって。気配も完全に隠していたし、なんらかの認識阻害系の魔術を使っていただろ？　どうしてそこまでしているのかなーと」

「……こんな子どもに見破られるとは」

言うてあなたも子どもでしょ。一二歳と一五歳なんて大した差ではないのだが、この世界では一五歳から大人。

そういう意味ではこの三歳差は大きな差であり、俺が子どもと言われるのは仕方がない。

「よくわかりましたね。それで？　用はそれだけですか？」

「え？　えぇと……お名前は？　俺はジーク。鉄級冒険者だ」

あまりにも冷たい態度で話す彼女に気圧《けお》されつつ、俺はとりあえず名前だけでも聞いておこうと質問する。

というか、それ以外に話題がなかった。

水色髪の魔術師は、わずかに口角を上げると格好つけて帽子を深く被り名乗る。

「エレノア。同じく鉄級冒険者よ」

「エレノアか。いい名前だな。同業者としてよろしく」

「こちらこそ」

エレノアと名乗った魔術師は、これ以上話すことはないと言わんばかりに後ろを向いて歩き始める。

方角的に南門に向かうのだろうか。

ゼパードのおっちゃんたちと別れた手前、冒険者ギルドに戻りづらいし時間はまだ昼前。少し早めの昼食をしてしまったが、今から少し狩りをしてもいいな。食後の運動として。

俺もエレノアのあとを付けるように歩き始めると、彼女は嫌そうな顔をしながら再び話しかけてきた。

「……今のは別れる流れじゃないのかしら?」

「俺もこっちに用があってな。時間があるし、常設依頼でもやって時間を潰そうかと」

「私と同じ考えじゃない。やっぱり私と組みたいわけ？　悪いけど、私は一人でやっていくつもりよ？」

「安心してくれ。俺も当分は一人だ」

一気に態度を崩したエレノアは、俺の腰にぶら下げた剣を見て〝剣士ね〟と勝手に決めつける。

俺のメインウェポンはどちらかと言えば魔術なのだが、一応、剣も使う。こういうときの役割《ロール》はなんて言えばいいのだろうか。

魔術と剣を使うから魔剣士？　でも、剣を振りながら魔術を行使することなんて滅多にないしな。となると、どの役割でもできる万能型《オールラウンダー》かな。聞こえはいいが、どれも中途半端になる器用貧乏とも捉えられる。

うーむ。難しい。

今はソロだし、どうでもいいか。

俺はそう結論付けると、隣でじっと見てくるエレノアに適当な話題を振る。

ずっと視線を向けられるのは落ち着かないからやめてくれ。

「エレノアは魔術学院の卒業生なんだよな？」

「そうよ。付け加えるなら首席ね」

普通にすげぇ。

どんな分野であれ、一番を取るというのは並大抵の努力では辿り着けない。中にはガチモンの天才も混じっていることもあるが、大抵のやつは一番になるのに相応《ふさわ》しい努力をしているものである。

俺は純粋に、エレノアに賞賛を送った。

「へぇ、それはすごいな。首席なら引く手数多《あまた》だろうに。なんで一人でやろうとするんだ？」

「そのほうが効率がいいからよ。一人のほうが報酬も多くなるでしょ？　それに私よりも弱いやつと組む気はないわ。そういうあなたは？」

「俺は人間性がわからんやつに背中を預ける気はないってのと、一人でも戦えるからね。もちろん、エレノアの理由も入っているけどな」

「……子どもにしては考えているわね。確かに、背中を預ける相手は信頼できるほうがいいわ」

「だろ？　まぁ、パーティーにもパーティーの利点はあるから、そこは自分の性格や戦い方と要相談かな」

今のところ、パーティーを組む予定はないが、もちろん利点は多くある。

自分一人では見切れない死角をカバーしてくれるだろうし、万が一怪我を負った際は助けてくれるだろう。

安全マージンを取れるという点では、命懸けの冒険者にとってこれ以上ないメリットだ。

魔術も万能じゃないから、死にかけのときにポンと行使とかできないしな。

「ジーク、あなたいくつ？」

「年齢の話をしているなら一二歳だ。冒険者歴一週間ちょっとの生まれたてのひよっこさ」

「とてもそうには見えないわね。思考が人生経験豊富なオッサンみたいな感じよ」

「よく言われる」

たまに両親に言われるセリフですね、それは。

経験則から導き出される思考というのは、転生しようともそう変わるものではない。価値観はかなり変わるんだけどね。

それでいながら子どもらしい言動もするため、両親からは〝変わり者〟と呼ばれている。それでもちゃんと愛情を感じるあたり、俺は親に恵まれているな。

俺はこれ以上この話題を続けるのはやめておこうと判断すると、魔術学院の話に移る。

親に迷惑をかけたくなかったので行く気はないが、どんなことを教えているのかは気になる。

独学で身に付けた魔術理論は世間一般なのか、それとも異端なのか。それを知りたかった。

「魔術学院ではどんなことを教えているんだ？」

「剣士に言ってもわからないわよ。第一級魔術における基礎理論の話をされてもわからないでしょう？」

「あー、確か魔術を形成する魔法陣と魔力量によって定義されるとかいうやつだっけ？　詳しくは知らんけども」

魔術基礎の本に書いてあったな。魔術がどのように階級分けされるかは、魔術を形成する魔法陣の複雑さと魔術を使用する際の最低魔力量に応じて決められる。

他にも細かい規定があるらしいが、本には〝んなこと覚えなくても魔術は使えるんだから気にすんな〟みたいなことが書いてあった。

それでいいのか魔術基礎。

俺がノータイムで答えたことが予想外だったのだろう。エレノアの足が止まり、わずかに口を開けてこちらを見る。

「剣士が魔術を理解するの？」

「いや、俺も魔術師だし」

俺はそう言うと、手の平の上に灯火《トーチ》の魔法陣を描き火種を出現させる。

俺が魔術を使う姿にエレノアはさらに驚き、両目を静かに見開いていた。

「魔術師……？　なら、魔術を行使する際の威力の底上げと魔力のコントロールの補助をする媒体はどこにあるのよ。その剣が杖の代わりだとでも言うのかしら？」

「いや、そんなもの持ってないけど？　別に魔術媒体がなくとも魔術は使えるだろ？」

「それは確かに……でも、魔術が使えるだけでは魔術師ではないわ。冒険者的に言えば、魔術で戦うから魔術師なのでしょう？」

「魔術で戦えるぞ。というか、俺は魔術が主力だ」

「本当に？　威力の低い第二級魔術を撃つだけじゃなくて？」

「信じられないか？」

「そうね。少なくとも自分の目で見るまでは。そうだ。今からジークの狩りを見せてもらうわ。そしたら真実がわかるわよ」

そこまでして、俺が本当に冒険者の思う魔術師かどうかを確認したいのね。別にいいけども。

冒険者ギルドの中にも剣を持った魔術師とかいないし、俺はかなりレアなケースかもしれない。

まだまだ聞きたいこともあるしな。あわよくば、仲良くなって俺の知らない魔術とか教えてほしい。

フローラに聞いてもいいんだけど。あの人あぁ見えても結構忙しい人だから　丸一日魔術を教えてもらうとかできないいんだよな。

「臨時パーティーか？　お互いに一人でやるって言ったのに、締まらないな」

「ジークの魔術を見るまでの間だけよ。パーティーを組むわけじゃないわ。それに、少し話してみてわかったけど、あなたは優しい人間よ。お婆様と話しているみたい」

「それ褒めてる？」

「私の中では」

褒めてるんだ。今時の子の誉め言葉はわかりづらいね。

こうして、俺は成り行きで一緒に行動することとなったエレノアと、街の外に出るのであった。

エレノアとは長い付き合いになると、このときは知る由《よし》もない。

◆　◆　◆

森の中に入ると俺は早速、魔物の足跡を発見する。

最初から運がいいな、日によってはマジで見つからないときもあるから困る。

「魔術は使わないのかしら？」

「使わない。というか、魔物を探知できるような魔術を修めていない。俺は独学で魔術を学んだからな」

「そう。なら私が見つけてあげるわ。そのほうが効率がいいもの」

エレノアはそう言うと、杖を構えて小さくブツブツと詠唱を始めた。

相手に詠唱を聞かせないのは魔術師としての基本とされている。対人戦ならば何の魔術を使うのかわからないし、魔物相手なら自分の場所を掴ませないで奇襲ができる。

俺は全部無詠唱でやれるほどまで鍛えたが、魔術師は実践でこういう感じに詠唱するんだな。無詠唱のほうが早くね？

エレノアが詠唱を終えると、杖の前に一つの魔法陣ができあがる。

かなり複雑な魔法陣だ。おそらく、第三級魔術相当の魔力が込められている。

「探知《サーチ》」

エレノアができあがった魔術を行使すると、彼女は若干つらそうにしながらも森の奥を指さした。

名前からして探知系の魔術。こういう探知系の魔術は一気に情報が頭に入ってくると聞いたことがあるし、その影響でつらそうにしているのかもしれない。

「あっちにゴブリンの群れがいるわ。数は五よ」

「便利な魔術だな。俺も使いたいぜ」

「難しいわよ？　行使するだけならともかく、そこから情報を読み取る必要があるから。気になるならあとで教えてあげるわ。すぐに使えるほど簡単な魔術じゃないけどね」

これはありがたい。知れない魔術を教えてもらえるとは。

俺は既に警戒心の欠片《かけら》もないエレノアの指す方に向かっていくと、確かにそこには五体のゴブリンたちが今日の昼飯を探している最中であった。

「ほら、次はジークの番よ。魔術を見せてほしいわ」

「いいだろう。よく見とけよ？」

俺はゴブリンたちから死角になる場所へ移動すると、即座に八つの魔法陣を展開する。

普段から使い慣れている闇弾《ダークバレット》の魔法陣を空中に描くと、三つを待機状態にしたまま五発をゴブリンの群れに叩き込んだ。

「グギ……」

ゴブリンたちは俺たちの存在に気付く間もなく死に至り、頭の上半分だけを器用に吹き飛ばされて地面に倒れる。

ゴブリンとの戦闘経験は結構多いから、殺し方がかなり綺麗になったな。最初は顔ごと吹き飛ばすこともあったのに、随分と加減が上手くなった。

俺は念のために待機させていた魔法陣を消し去ると、さっさとゴブリンを解体して討伐証明となる右耳、買い取りを行っている尖った牙と心臓部の魔石を回収してその場を離れる。

血の匂いに誘われて魔物が寄ってくることがあるため、倒した魔物はすぐに解体して金目のものだけを回収しズラかるのが鉄則だ。

血の匂いで魔物を釣り出してもいいのだが、対応できない数が押し寄せてきても困るしな。安全マージンは、しっかりと管理するべきである。

俺はエレノアのもとに戻ると、少しだけドヤ顔を浮かべて話しかけた。

「どうだった？」

「……本当に魔術師のようね。しかも、かなり熟練した魔術だったわ。第二級魔術とはいえ完全無詠唱なうえに多重発動。魔術学院へ入っても余裕で上位の成績を取れるレベルよ」

「魔術学院の首席にそう言われると素直に嬉しいな。今までやってきたことが無駄じゃなかったわけだ」

「でも、惜しいわね。もっと効率よく魔術を行使できるのに、なぜそれをしないのかしら？」

「杖や魔術媒体のことか？　別に必要ないからな」

「第二級魔術ならね。これが第三級、第四級と階級が上がれば魔術媒体は必要になるわ。それに魔術媒体を使えばもっと早く、そして魔力消費を抑えて魔術を行使できるでしょう？」

第三級魔術も第四級魔術も魔術媒体なしで使えますけどね。しかも無詠唱で。

俺だって馬鹿じゃない。ちゃんと実践を想定して、練度を高めているのである。

俺はそう思いつつも、口には出さない。どうせ言ったところで〝見せてみろ〟と言われるだろうし、切り札になりえる魔術を見せるだけの関係性が今はない。

「近接は剣のほうが圧倒的に殺傷能力が高いからな。それに、魔術媒体がなくなったら魔術が使えないなんてなれば笑い者だぞ」

「近接なんてさせなければいいのよ。遠距離攻撃できる魔術という手段を持っているのだから。奇襲も魔術で警戒できるわ。魔術師がやることは、どれだけ効率よく魔術を放てるか。その一点に尽きると思わない？」

「それが通用するのは相手が弱いときだけだし、奇襲だって完全に防げるもんじゃない。魔術は確かに便利だが、過信してたら足を掬われるぞ。剣を使えとは言わないが、最低限の近接戦闘ができるようにならなきゃ」

「一理あるけど、近接戦闘と魔術を実践水準まで持っていくのにどれだけの時間がかかると思ってるのよ。それなら、魔術を徹底的に鍛え上げたほうが効率はいいでしょう？」

「効率だけで考えればな。だが、そうもいかないから、パーティーを組んで欠点を補うんじゃないのか？」

お互いに自分の考えを譲らない。

エレノアの言っていることも、間違ってはいないのだ。

魔術を行使するにあたって、その補助となる魔術媒体を使ったほうが魔力のロスも少なく魔法陣形成も楽になる。

だが、それは魔術を行使するときの話であり冒険者としてそれだけを極めるというのは危ない。

魔術師の弱点は近接戦があまり強くないこと。身体強化が使えたとしても、魔術も近接戦もできるという魔術師は少ない。

そして、エレノアはこの言い方からして近接戦が強くないのだろう。

急に後ろから現れた魔物に対応できず、痛い目を見た魔術師は多いと聞く。俺はまだ経験が浅すぎてないけどね。

だから、お袋もフローラも最低限の近接戦闘はできる。もちろん本職と比べれば劣るが、それでも身を守ることは容易にできた。

俺はそのことを言っているんだけどな。お互いにそもそもの論点が違う気がする。

こうなると、実体験しない限りはわからないだろう。

「杖を使ってみたらどうかしら？」

「それは俺の勝手だろ？　それに、杖術《じょうじゅつ》は殺傷能力が低くて使いづらい」

「魔術師としてのレベルが上がるのに……もったいないわね」

「俺は魔術師以前に冒険者だ。効率云々も大事だが、それよりも自分の命のほうが大事だね」

「そう。残念」

エレノアもようやく論点がズレていることに気が付いたのだろう。かなり残念そうな顔をしながらも、彼女はこの話を切り上げた。

よかった、このまま行けば日が暮れるところだった。

俺もエレノアも引く気がサラサラなかったっぽいので、この不毛な言い争いに終わりが来ないのかと思ったぜ。

「もし魔術を極めたいなら、魔術学院に行ったらどうかしら？　一二歳なんだから、まだ入れるわよ？　しかもあなたほどの才能があれば、学費もいくらか免除されると思うわ」

「俺の知らない魔術を知るという点ではいいかもしれないが、俺は早く旅に出たいしな。三年間の拘束は長すぎるし、学費も全額免除じゃなきゃ入らん。親には迷惑をできる限りかけたくないんだ」

「そこまで家計がつらいのかしら？」

「多分大丈夫だとは思うが、それでもわがままは言えんよ。小さな料理店を営みながら俺をここまで育ててくれたんだし」

「へぇ！　料理屋さんをやっているのね！　なんて名前なのかしら？」

なんだ？　急に食いつきがよくなったな。

もしかしたら食べに来てくれるかもしれないし、宣伝してみるか。

「名無しの店だよ。俺の両親は名前を付けるのが下手みたいでな……デッセンの店とかシャルルの店とか言われているよ。このあと来るか？」

「高級料理店かしら？」

「今さっき小さな料理店って言っただろ。普通の冒険者が集まる騒がしい店さ」

「行くわ。今日の仕事が終わり次第ね」

料理の話になると、随分と年相応の表情になるんだな。

目の輝き方が、親戚の子どもとそっくりである。

面白いやつだ。効率効率と少し煩《うるさ》いところもあるが、俺も人のことは言えないし似た者同士かもしれない。

結局俺はこの日、エレノアと共に行動を続けるのであった。

あ、ちゃんと探知の魔術は教えてもらったよ。使ってみたが、めちゃくちゃ頭が痛かった。

◆　◆　◆

エレノアと狩りを終え、街に戻ってきた俺たちは冒険者ギルドでその日の稼ぎを換金した。

今日は運がよかったのかそれなりの稼ぎになったのだが、その稼ぎは全てエレノアに押し付けた。魔術を教えてくれたし、何よりエレノアの卒業祝いもある。

まだ出会って半日足らずだが、こういうお祝い事は積極的に祝ったほうがいい。

冒険者として生きるなら横の繋がりも、ある程度は必要。同じ新人冒険者として仲良くしておくことに損はないのだ。

ついでにうちの料理を頻繁に食べに来てくれ。そしたら両親も少しは喜ぶだろうからな。

「ここがジークの御両親が営むお店ね。既にいい匂いが漂ってくるわ」

「俺が言うのもなんだが、本当に美味いぞ。値段もそれなりに安いし、懐が寂しい冒険者の心強い味方だな」

「それはいいわね。量が少ない高級料理はあまり好きじゃないの。お腹が膨れないし、何より財布に優しくないもの」

「ここでも効率か？」

「いいえ。効率というよりも単純に懐の問題と、幸福の問題ね。私は色々な料理をおいしく食べたいの。舌が肥えたら幸せが逃げるわ」

エレノアはそう言うと、お腹が空いているのかサッサと店の扉を開く。

店にはよく見る常連が多く、その中にはゼパードのおっちゃんたちの姿もあった。

「いらっしゃい……ってあら、ジークね。おかえりなさい。ゼパードが急にいなくなったと言っていたから、狩りにでも出かけていたのかしら？」

「そんなところだよ。今日の稼ぎは全部エレノアに押し付けたけどね」

「エレノア……？　あら。あらあらあら？　デッセン、ジークがついに人を連れてきたわよ！　しかも歳の近い可愛い女の子を！」

「あのジークが？　マジかよ！　今日の夕飯は豪華にいかないとな！」

俺が帰ってくるなり、親父とお袋はエレノアを連れてきたことに驚いて年甲斐《としがい》もなく騒ぐ。

そういえば、俺と同じぐらいの人を連れてきたのは初めてだったな。両親は、同年代の友達を作らず魔術に明け暮れるのを見て心配していたっけ。

喜んでくれるのはいいが、ここはあまりにも人目がありすぎる。そして、昔から俺のことをよく知る常連たちしかいないので、彼らも両親のノリに合わせて騒ぎ始めた。

「あのジーク坊ちゃんが、女の子を連れて来ただと……！　これは一大事だ！　明日は槍の雨が降るぞ！」

「ジークちゃんが人を連れてくるなんて、私、感動のあまり涙が出そう！」

「ジーク君、成長したのですね……」

「え、これ俺も何か言わないといけない流れ？　えーと、ジークもちゃんと友達を作れるんだな」

元々騒がしかった店の中が、さらに騒がしくなる。

やめてよ。めちゃくちゃ恥ずかしいんだけど。

俺が歳の近い女の子を連れて来ただけでこの騒ぎよう。俺ってそんなに不器用な人間として見られていたのか？

「ジーク、あなた普段どんな生活を送っていたのよ。この店にいる人たちがみんな驚き泣いてるわよ」

「同年代の友達も作らずに、部屋に引きこもってずっと魔術の実験やらなんやらしていたからな。とはいえど、これは大げさすぎるけど」

「中々に擦れた子どもなのね」

「うるさいぞ」

阿鼻叫喚《あびきょうかん》の店の中を見て少し楽しそうなエレノアと、心の底から勘弁してくれと思う俺。

できればこれ以上騒がないでほしいと思っていたものの、暴走を始めた両親が止まるはずもなく。

エレノアと俺はカウンター席へ座らされることになった。

「エレノアちゃんっていうのね？　私はジークの母、シャルルよ。今日の代金は頂かないから、心行くまで食べなさい！」

「ジークの父親のデッセンだ。ジークが失礼なことを言わなかったか？　何かあればぶん殴っていいからな！」

「今日から冒険者となりましたエレノアです。よろしくお願いします」

さらっと息子を殴っていいと言う親父と、エレノアのことがもう気に入ったのか今日の食事代をタダにすると言い出すお袋。

俺はもうこうなったら止められないと悟ると、全てを諦めた。

もう何を言われても諦めるとしよう。恥ずかしい話をされても我慢である。

「えーと、これとこれをまずはお願いします」

「あいよ！　ジークが初めて連れて来たお客さんだ。いつもより気合を入れて作らないとな！」

「たくさん食べていきなさい。それで、今日から冒険者になったということは、魔術学院の卒業生ということよね？　その恰好は魔術学院の子が着ているものだし」

「そうです」

「ということは、ジークとパーティーを……？」

「あー、いえ。今のところそれはないですね。今日はちょっと色々とありまして、行動を共にすることがあったというだけでして。私もジークも今のところはパーティーを組むということは考えてないんです」

「そう。それは残念だけど、ジークと話してくれる子がいるだけで嬉しいわ。だってこの子、この一二年間ずっと一人で魔術の実験ばかりしているのよ？　ゼパードたちと話せているのを見るに、対話能力に問題があるわけではなさそうなのだけれど、親としては心配になるわよねぇ」

お袋が今までにないほど饒舌だ。そして、そんなに俺が歳の近い人と話さないことを心配していたのか。

まさに親の心子知らず。俺は両親のことをわかったつもりでいて、何もわかっていないんだな。

そして、エレノアは俺に気を遣っているのか魔術効率云々の話はしないようにしている。この調子だと俺が怒られそうだもんな。

ありがとうエレノア。

「ジークは随分と変わっている子だけど、根はやさしい子よ。よければ仲良くしてあげてちょうだい」

「はい。そうします」

お袋はそう言うと、親父の手伝いに戻る。

一旦これで終わりかなと思ったが、今度はゼパードのおっちゃんたちがやって来た。

なんだ？　もしかして順番にこの店の人たちが話しに来るつもりか？　夜が明けるぞ。

「あれ？　こんな子、冒険者ギルドに来ていたか？　見覚えがないんだが……」

「ほんとだ。さっきはノリで騒いだけど、この顔に見覚えがないねぇ」

「認識阻害の補助魔術を使っていたので。パーティーを組むつもりがないのに、わざわざ声をかけられるのが面倒でした」

「へぇ、認識阻害系の魔術と言えば認識透過《ジャマー》かな？　それに加えて自分も気配を殺したらかなり見つかりにくいもんね。ジークちゃんはよく気付いたよ」

「魔力の流れを感じたんだ。というか、その魔術を知らないんだけど」

「あとで教えてあげるわよ。タダでご飯を貰っちゃたし、その料金代わりにね。シャルルさんたちは多分お金を受け取らないでしょう？」

お、ラッキー。知らない魔術ゲットだぜ。

両親の気まぐれに感謝だな。今度また何かプレゼントしよう。

「ほう、そんな変わり者もいるんだな。それだけの魔術が行使できるってことは、成績もそれなりによかっただろ」

「首席です」

「そりゃすげぇ。おい、フローラ。お前の後輩だぞ」

「私と同じ首席なんだ。それはすごいね！　あのいけ好かない爺《じじい》はまだ生きてるの？　白髭を生やした雰囲気だけの」

「あぁ、あの人ですか。いましたよ。生徒たちからかなり嫌われていましたね」

「アッハッハッハ！　むしろ好きな人に会ってみたいね！　古臭い考えの爺のくせして、押しつけがましく魔術を教えてくるんだから。エレノアちゃんも嫌いだった？」

「もちろんです。フローラさんの言う通り、好きな人がいたら見てみたいですね」

随分と生徒に嫌われた教師もいるもんだ。

いたよな、生徒にめちゃくちゃ嫌われている先生。当時は嫌いだった先生とか俺にもいたわ。今思い返すと、がんばって若者のノリに合わせようとしている先生だったけど。

そんなことを話していると、料理ができあがり運ばれてくる。

親父も相当気合が入っているのか、心做《な》しかいつもよりも丁寧に盛り付けられていた。

「はいよ。まずはエナシカのステーキだ。うちの人気の料理だぞ！」

「ゆっくり食べていってちょうだい。お口に合わなかったらごめんなさいね」

「いい匂いです。生命の根源たる者たちに感謝を」

エレノアはそう言うと、早速鹿肉のステーキを切って口の中に運ぶ。

このときばかりは、いつも騒がしい店内も静かになる。

緊張の瞬間だ。

「〜〜！　とても美味しいです！」

「おぉ、それはよかった。そんなに幸せそうに食べてくれるなら作った側としても嬉しいよ」

「本当に美味しそうに食べるわね。可愛いわぁ。エレノアちゃんすごく可愛い」

エレノアの口に合ったようでほっとする親父と、幸せそうに食べるエレノアを見て〝可愛い〟を連呼するお袋。

確かに幸せそうに食べるな。見ているこっち側が笑顔になれるいい表情だ。

「なんか俺もこれを食いたくなってきたな。父さん俺も同じのをお願い」

「私も食べたくなってきましたね。デッセンさん。私も同じのを」

「あ、俺も頼むわ。こんなに美味そうな顔をして食われたら腹が減る」

「私もお願い！」

エレノアが幸せそうに食べる姿を見て、店の中にいた客たちが次々に同じ料理を注文し始める。

こんな顔されながら食べてたら、俺たちも同じものを食べたくなるよな。

「おいおい、そんなに在庫はないぞ？　明日の買い出しが大変になりそうだな」

「いいじゃない。エレノアちゃんのおかげで今日の売り上げが多くなるわ」

こうして、エレノアのおかげにより今日はいつも以上に多くの料理が売れるのであった。

両親もエレノアのことをすごく気に入ったのか、また来てねと言っていたし。エレノアもまた来ると言っていたので、暫くはエレノアをこの店で見ることが多くなりそうだ。

◆　◆　◆

エレノアと出会ってから一週間ほどが経過したある日、俺はいつものように冒険者ギルドが混む時間帯を避けてギルドに行くと今日の依頼内容を見ていた。

冒険者ギルドには本当に色々な依頼がやってくる。

魔物を狩ることや薬草集めはもちろん、街の掃除や家の手伝いなんかも依頼として貼り出されているのだ。

ここ一週間ほどは街の外に出て常設依頼をこなしていた俺だが、ここ最近は通常依頼のほうに手を出している。

今日はこの庭の草取りでもやろうかな。報酬は少し少ないが、街の人たちとの交流にはなるだろうし。

そんなことを思いながら少し高い場所の依頼に手を伸ばすと、その依頼を先に取るものの影が一つ。

「おはようジーク。これが取りたかったのかしら？」

「おはようエレノア。助かるよ。冒険者ギルドは子どもに優しくなくて困るね。せめて踏み台でも用意してくれればいいのに」

「ふふっ、子どもは普通冒険者ギルドに来ないものよ。規定では一二歳から冒険者になれるけど、ほとんどが成人してから来るものだしね」

朝の挨拶をしながら、依頼を取ったのはエレノアだった。

エレノアも朝の依頼争奪戦に加わる気がないのか、少し遅めに冒険者ギルドへやって来る。

そのため、こうして顔を合わせることが多かった。

「庭の草取り……？　また変わった依頼を受けるのね」

「街の人との交流が主な目的だけどな。ほら、うちは料理店だろ？　こういう依頼で知り合った人たちに宣伝したら少しは両親のためになるかなって」

「その歳でしっかりしてるわね。シャルルさんたちも喜びそうだわ」

俺の考えを聞いたエレノアはそう言うと、依頼の紙を俺に渡してくる。

エレノアとは顔を合わせれば話すほどの仲にはなったが、初日以降は一緒に依頼を受けたりするほどではない。

なんとなく性格は掴めてきたし悪いやつでもないのだが、とにかく効率厨であった。

そんな彼女が報酬の悪い依頼をするわけがないし、報酬を山分けするパーティーを組みたがるわけもない。

しかし、食事するときだけは効率を考えないのか、ゆっくりしっかりと味わいながら幸せそうに料理を食べる。

エレノアにとって食事は一種の娯楽なのだろう。日本人の才能があるよエレノアは。

さすがに、冒険者として仕事をするときの昼食は効率を考えるらしいが。

「がんばってね。私も依頼を見たら行くわ。どうせ今日も常設依頼になると思うけど」

「気を付けてな。そっちこそがんばれよ」

俺はエレノアにそう言い、受付で依頼を受理してもらうと依頼主の下《もと》へと向かう。

エレノアには親のためとだけ言ったが、じつはもう一つこういった依頼を受ける理由がある。

人間社会で生きていくためには人との繋がりが必要不可欠。自分の評判が良くなれば、万が一があっても味方になってくれるかもしれない。民意とは時として権力すらも動かす。前世で何度も見た光景である。

依頼主のところへ行き、依頼内容の確認と要望を聞くと俺は早速仕事に取りかかる。

広大な庭の草取りであり、できる限り土は綺麗に残しておいてほしいらしい。

「普通の冒険者がやれば半日ほどかかって、報酬は銅貨二五枚。冒険者基準だと割に合わない仕事だが、俺からすれば破格だな。何せ、魔術で解決できるうえに訓練にもなるんだから」

俺はそう言うと、魔術を行使して近くにあった草を根こそぎ持ちあげる。

第三級補助魔術〝魔動力《マナキネシス》〟。

魔力を対象に纏わせ、念動力のように動かせる魔術だ。熟練した魔術師ともなると、この魔術一つで相手を殺せるらしい。

しかし、使い方を変えればあら不思議。便利な草取り魔術に変わってしまうのだ。

これも魔術の面白いところだよな。使い方次第で人の役に立つし、人を殺せもする。

それが魔術なのである。

それから一時間後。あっという間に庭に生えていた草は取り除かれ、綺麗な茶色の土だけが見える庭となった。

「こんなもんかな。どうだい？　おばちゃん」

「いやぁ、助かるよ。最近は腰が悪くてねぇ。こうして草取りをするだけで腰に来るのさ。それにしても、魔術は便利だねぇ。私も使えたらもっと楽に草取りができただろうに」

「おばちゃんは魔術が使えなかったの？」

「昔聞き齧《かじ》りでやってみたけど無理だったよ。それに、魔術を使うにはレベルが高くなければダメだって話じゃないか。レベル１の私には到底無理な話さね」

それ、ただ単に魔力操作が上手くできていないだけなのでは？

レベルが上がれば魔力操作の技術も上がる。多分、そのことを言っているんだろうな。

「それは残念だけど、魔力操作を訓練すれば使えるようになるかもしれないよ。体の中に感じる魔力をくまなく全身に行き渡らせて循環させるんだ。あとは魔法陣を覚えて魔力で描ければ使えるかもね。多少の才能はいるけど」

「年老いた婆さんに記憶モノを勧めちゃいかんよ。この年になると自分の記憶すら怪しくなるからねぇ。あ、これ依頼完了書ね。予定よりも早く綺麗にやってくれたから色を付けておいたよ」

おばちゃんはそう言うと、依頼完了書と呼ばれる紙を手渡してくる。

この紙をギルドに持って行けば依頼完了だ。その依頼書には冒険者への評価が書かれており、中には元々の依頼以上の報酬をくれる場合もある。

このおばちゃんは見るからに金には困ってなさそうだし、ここはありがたく受け取っておこう。

「ありがとおばちゃん。また依頼が貼り出されたら受けるよ。この街にいる間はね」

「それは助かるねぇ。でも、自分のことを優先しな。老い先短いババアより、若者の明るい未来のほうが大事さね」

「おばちゃんはまだまだ若いよ。もう四〇年は生きるさ」

「ハッハッハ！　お世辞が上手いね！」

俺はおばちゃんの家をあとにすると、冒険者ギルドへと向かう。

今はまだ昼前の明るい時間であり、ギルドが一番混まない時間帯だ。

俺は最近担当になりつつある紫と黒が混じった髪の受付嬢、エレーナに依頼完了書を渡す。

初めて依頼の報告をしたときも優しかったが、最近は近所の子どもを見ているような優しさがあるよな。

「また人気のない依頼を持って行ったんだ。ジーク君も物好きだね。昨日は街の掃除と城壁の建築じゃなかった？」

「そうだよ。一日働いて銅貨五八枚。まずまずかな」

「最高評価を貰ってその金額だからね？　ジーク君みたいに仕事ができるなら別だけど、普通の冒険者なら銅貨一〇枚ぐらいは報酬が低いかな」

「そりゃ皆受けないわけだよ。常設依頼をやってたほうが稼げるもん」

「だから物好きって言ってるんでしょ？　私としては、安全な依頼を受けてくれるほうが助かるけどね。ほら、この前冒険者になった魔術学院の卒業生の一人は、もう死んじゃったし」

わりと軽い感じで人の死を語るエレーナ。

この世界は基本的に人の命が軽い。冒険者も当たり前のように死ぬので、よほど親しくなければ〝残念だったな〟程度で終わってしまうのだ。

特に多くの冒険者を見ている受付の人は。

俺と話しながらサッサと依頼完了書を処理するエレーナは、依頼完了書を見て〝また最高評価……〟と呟きながら報酬を渡してくれる。

硬貨を入れる専用の入れ物から出された銅貨は全部で三〇枚。あのおばちゃんは、銅貨五枚の色を付けてくれたみたいだ。

「ありがと。なんかいい感じの依頼はある？」

「そんなのがあったら、皆が競い合って持っていくよ。あそこに貼られている中で一番割がいいのは常設依頼になるね」

「そっか。まだ昼前だし、もう一つぐらいは適当なのを受けようかな」

俺はそう言うと、また人気のなさそうな残っている依頼を適当に受けるのであった。

ちなみに、受けた依頼先の魔道具店でも最高評価を貰い、さらには昼飯をご馳走になった。やっぱり、丁寧さはどこでも必要だな。

◆　◆　◆

冒険者として活動を始めてから一ヶ月と半月が経過した。

冒険者ギルドに残った余り物の依頼もほとんど終わらせ、依頼主たちとの交流もそれなりに深めた俺は再び冒険者らしい生活に戻っている。

街を出て森に向かい、常設依頼に出されている魔物を狩ったり薬草を採取したりとしていたのだが、俺はあることに気付いた。

経験値と金を稼ぐなら、放置ゲーをしたほうが圧倒的に効率が良くね？

そうだよ！　放置ゲーの醍醐味は、放置したあとに入って来る大量の経験値とドロップ品《素材》だよ！

レベルを上げることに着目しすぎて忘れていたが、放置ゲーは戦った敵のドロップ品《素材》も回収されるのだ。

そして、そのドロップ品《素材》を使って強くなったりゲーム内マネーを稼ぐのが定番である。

というわけで、今さらながら俺はドロップ品《素材》をこの世界でどのように回収するのかという手段を考えていた。

今までは魔物の死体を放置していたからな。もったいない。

死体が森に溢れて騒がれる危険性も考えていたのだが、夜に狩った魔物のほとんどは朝になると他の魔物の朝ごはんになる。

そしてその魔物も狩るのだ。尚、やりすぎると冒険者たちに怪しまれるのでほどほどに。

「使える魔術としては闇沼《ダークマーシュ》ぐらいしかないんだよな。しかも、どこかに集めておいてそれを回収する形になるよな」

第三級黒魔術〝闇沼〟。

生物以外の物を影の中に引きずり込むことができる魔術であり、術者の意思で影の中から沈めた物を回収することもできる。

しかし問題点も多く、発動させた沼を移動させることもできなければ、沼の維持にも相当な魔力が食われる。

あと、一度魔術を解除すると影の中に入っていた物が地上に出てきてしまうので、倉庫としては不便さが残るのだ。

移動と半永久的な倉庫としての役割、この二つの課題をクリアしなければ俺の目指す放置ゲー理論は完成しない。

「どうしたもんかな……どこか洞窟を見つけてそこに溜め込むか。んで、毎日回収する。結局何も解決してない感はあるけど、とりあえずはこれでいいか」

放置ゲー特有の〝放置した際の報酬はログインしないと貰えない〟だと思えばそれほど苦でもない。

もちろん対策は考えるけど、今はドロップ品《素材》の回収方法を考えるよりもやるべきことがある。

「さて、実験するか。闇人形も悪くはないんだけど、もっと効率的な魔術を作らないとな」

俺はそう言うと、数体の闇人形に周囲の監視をお願いして実験を始める。

今からやるのは闇人形の改良魔術。今回は、人型ではなく狼の姿をした闇人形を生み出そうという実験だ。

〝人型から狼に変わるだけで効率が変わるのか？〟という疑問はあるだろうが、正直やってみないとわからない。

ダメで元々《トライアンドエラー》できたらラッキー程度で、とにかくやってみることが大事だ。既にこの魔術は半年以上失敗している。

「えーと、ここの部分が人型を形成する魔法陣で、これを第三級炎魔術のやつに組み替えるからこうなって……これを形成すれば多分行けるはず」

ぶっつけ本番で魔法陣を魔力で描くと痛い目に遭うのは既に何度も経験しているので、一度描くべき魔法陣を地面に描いてから、それを見て慎重に魔法陣を組み立てるようにしている。

それでも慣れてない魔法陣を行使すると失敗することがあるのだから、俺は感覚でできる天才肌ではないのだろう。

地面に魔法陣を描き終えた俺は、熟練に達している魔力操作を行いながらゆっくりと魔法陣を描いていく。

完全にオリジナル（少なくとも俺の知る中では）の魔術なので詠唱の補助はなしで魔法陣を描き上げると、魔力を消費して魔法陣に描かれた術式が行使される。

「よし、ここまではオーケー。問題はどういう効果が出るかだな」

毎度このときばかりは信じもしない神に祈りを捧げたくなる。主に、俺に害のある魔術になりませんようにと。

この祈りが届いたのか、今回は俺に害が及ばない魔術になったようだ。

魔法陣の中から現れたのは、漆黒の闇に包まれた体長一メートルほどの大きめな狼。

毛並みまで再現された狼は、静かに俺の隣に並び立つと命令を待っているかのようにお座りをして待機した。

「これは……成功したのか？」

今までが失敗続きだったせいで、これが成功しているのかどうかわからない俺は少し戸惑いながらも真っ黒な狼に指示を出してみる。

「クルッと回って」

「……（クルッ）」

「お、命令を聞いた。これ、もしかして成功なのでは？」

いや、喜ぶのはまだ早い。もっと複雑な命令は聞けるのか確認を……その前に闇人形との違いを確認するべきか？

久々に実験が成功した嬉しさで、頭の中がこんがらがる俺。

落ち着くんだ。確認したいことを一個ずつ思い浮かべよう。それを順にやっていけば、大丈夫なはずである。

「まずはどこまで命令を理解するのか確認しよう。それと、攻撃手段を持っているかどうかだな」

闇人形は物理的干渉力を持たない。これにより、わざわざ闇の剣を作って持たせているのだが、これが不要となれば闇剣に割いていた魔力が自由に使えるようになる。

この狼……仮に名前を闇狼《ダークウルフ》にするか。

この闇狼は闇人形よりもわずかに魔力消費相が少ない。魔物を問題なく狩ることができれば、かなりの数を増やすことができるはずだ。

「あの木に攻撃しろ。まずは噛みつきからだ」

「……」

闇狼は無言のまま俺が指をさした木に近づくと、牙を剥いた噛みつく。

闇人形ならば木には干渉できずにすり抜けるだけだが、どうだろうか？

バキィ！

なんと、この狼は木を噛み砕いたのだ。

「マジかよ」

思わず心の声がこぼれる。

ただ人型の部分を狼に変えただけのはずなのが、どこかで物理干渉を得る魔法陣が組み込まれていたらしい。それとも、人型の魔法陣の部分に物理干渉を妨げる何かがあったのか？

この魔術、とにかく魔力消費を抑えるように作られているためか、デメリットが多いんだよな。

どちらが正しいのかはわからないが、今回ラッキーを引いたのは大きい。これで狩りに使える魔力効率が良くなるのは間違いないし、放置ゲーが加速するだろう。

「少しずつだが、良くなってきているな」

俺はそう呟くと、このちょっと可愛い狼のことをもっとよく知るために色々と実験するのであった。

尚、実験に没頭しすぎて帰る時間が遅くなり、心配をかけた両親にこれでもかというほど叱られるのだが、それはまた別のお話。

◆　◆　◆

新たな放置狩りのお供を作り、さらに経験値効率が良くなり始めてから一週間後。

俺は今日の仕事を終えて少し早めに家へ帰る。

放置狩りした魔物の素材を置いておくための小さな洞窟も見つけ、かなりの数の魔物の素材を毎日安定して売れるようになってきたな。

最近は狩場を森の奥に移動させてゴブリンの進化系であるホブゴブリン（下級魔物）や、灰色の毛を持つグレイウルフ（中級下魔物）をメインに狩りをしている。

まだまだ俺の求める効率にはなってないものの、それなりの経験値は稼げているのか今のレベルは10にまでなっていた。

レベルだけで言えば、ベテラン冒険者に噛みつけるほどには強くなったな。まだ経験が浅いから、本物のベテランには敵わないだろうけど。

レベルはあくまでも実力を測る一つの基準。そう思っておかないと、数字に捉われて死ぬ羽目になる。

気を付けなければなと思いながら家の扉を開けると、そこには一人の客がいた。

「あら、ジークじゃない。今日の仕事は終わったのかしら？」

「エレノアじゃないか。珍しいな。この時間にもういるなんて」

「今日は調子が良くてね。魔物がたくさん狩れたから少し早めに切り上げたの。たまには、安らかな休息も必要でしょう?」

「それもそうだな」

人はマグロのように常に動き続けられる生物ではない。レベルという概念を獲得し、魔力によって前世よりもすさまじい力を手にしたとしても自然の摂理からは逃れられなかった。

かく言う俺も、週に一度半日ほどで仕事を切り上げてゆっくりとする日を作っている。

俺はエレノアの隣に座ると、親父に適当な料理を頼んでエレノアとの会話を再開した。

「最近はどうだ? 冒険者として」

「そこそこね。稼ぎも悪くないし、順調だわ。そう言うジークはどうなのかしら?」

「俺もぼちぼちだな。この調子でいけば、二~三ヶ月ぐらいで路銀が貯まる。そしたら旅に出るよ」

「そういえば旅に出たいと言っていたわね。なんのために?」

「特に理由はないよ。強いて言えば、見てみたいからだ」

口には出さないが、それ以外にも旅に出る目的はある。

俺が目指すのは、世界最強。この〝異世界に放置ゲー理論を持ち込んだら世界最強になれるんじゃね?〟という自分の考えを証明したいのだ。

誰かに見せびらかしたいのではない。ただ、自分が満足したいだけである。

それと同時に、世界を見て周りたい。せっかく異世界に来たのだから、色々と見てみたいというのが人の性《さが》というものだろう。

「この世界に生えている大きな木に、天使たちが住まう国。竜が蔓延《はびこ》る大陸に別世界と言われるダンジョン。見てみたくないか？」

「大きな木とダンジョンはともかく、天使たちが住まう国と竜が蔓延る大陸に関してはお伽噺の世界でしょう？　実在しているのかもわからないのよ？」

「それを確かめに行くのさ。きっと楽しいぜ」

「案外ロマンチストなのね」

「まぁな」

俺の話を聞いたエレノアは、驚きはしつつも決して笑うことはなかった。こういうところが、話していて楽しいんだよな。ちゃんと相手の反応を見て、笑っていいところなのかダメなところなのかをわかっている。

人の夢を笑わないやつはいいやつだ。

「エレノアはないのか？　この先やりたいこととか」

「あるにはあるけど、話すようなことではないわ」

「そっか」

一瞬、エレノアの表情が暗くなる。

あ、これは触れちゃいけない話題のやつだ。そこそこの人生を歩んでいるからわかるが、これは絶対に地雷である。

とりあえず話題を変えようと思っていると、空気の読める親父がエレノアの頼んだ料理を出してくる。

ナイスだ親父。これで話題は料理に移る。

「はいよ、お待ち。エレノアが頼んだ川魚の煮込みだ。骨があるから気を付けて食べるんだぞ」

「ありがとうございます。生命の根源たる者たちに感謝を」

料理を前にしたエレノアは早速〝頂きます〟代わりの挨拶をすると、両手にナイフとフォークを持って魚を切りながら食べ始める。

「ん……！　これも美味しいですね！」

「ハッハッハ！　そうか？　この料理は店を出す前からよくシャルルに出していた料理でな。この街は、近くに川があって魚がよく捕れるし安いから、冒険者として活動していたときは重宝したぜ。問題は、作るのに時間がかかることだがな」

「本当にエレノアちゃんは、美味しそうにご飯を食べてくれるから作り甲斐があるわ。ジークも見習いなさいよ」

「んな無茶な。俺にとっては、この家の料理が普通の味になってるんだから」

毎日この家の料理を食べる俺にとって、両親の作る料理は家庭の味だ。好き嫌いは多少あるものの、これが常識となっているのでエレノアのように幸せそうな表情をするのは難しい。

いつも感謝と〝美味しい〟は言ってるんだけどね。一人暮らしのときも〝いただきます〟は欠かさなかったからか、こちらの世界に来てもその癖は抜けないよ。

「本当にいいんですか？　私だけ特別価格で頂いてしまって。かなり割安ですよね？」

「いいのよいいのよ。一人ぐらい特別扱いしたとしても、ここで文句を言うやつはいないわ。それに、ジークと仲良くしてくれる感謝料とでも思っておきなさい。冒険者ギルドで顔を合わせると、仲良く話しているとゼパードから聞いたわよ」

「ゼパードのおっちゃん、そんなことを言ってたのか。どうりで視線を感じたわけだ」

「いい迷惑ね。私とジークが話していることがそんなに面白いのかしら」

「エレノアちゃん。前にも言ったと思うけど、ジークって本当に小さい頃は魔術以外に興味がなくて同年代の子とも話さない子だったのよ？　一度買い物に連れ出したとき……六歳ぐらいのときかしらね？　同じくらいの歳の子と話す機会があったのだけれど、ものすごく困っていたわ。大人と話すときは普通に話していたあのジークが、ものすごく困っていたのよ」

懐かしいな。

俺だってずっと家に引き篭もれるわけじゃない。両親に無理やり連れ出されて買い物についていったときに、たまたま同じくらいの歳の子と話すことがあったのだが、どう対応すればいいのかわからなくて困ったな。

親戚の子と話すような話し方でもよかったが、それはそれで怪しまれそうだし、急に年相応の子どもになるのもなんだか不自然。

当時の俺はかなり前世の大人の部分が強く出ていたので、両親からは頭のいい子と思われていたし。

どうするのが正解なのかわからなかった俺は、結局困り果てるしかなかったのだ。

それはそれとして、お袋？　人の恥ずかしいエピソードを嬉々として語らないでくれよ。

「へぇ、ジークにもそんな時期があったのですね」

「そうなのよ。だから少し年上とはいえ、同じ年頃の子を連れて来たときは驚いたわ」

「全くだ。ゼパードたちもジークのことを昔から見ているからな。エレノアと話すところを見たがるのは許してやってくれ」

「私はあまり気にしていないのでいいですよ。ジークはどうか知りませんが」

「とりあえず、俺の昔話を聞きながらご飯を食わないでくれ。俺だって羞恥心はあるんだぞ」

「ふふっ、ジークも御両親の前では形無しなのね」

「うるさいわい」

俺はそう言うと、恥ずかしさを紛らわせるかのように、その日はいつもよりの多めに夕飯を食べるのであった。

◆　◆　◆

「はぁはぁはぁ……くそ！」

「なんでこんなに……！」

天が薄暗くなり始め、月が顔を見せ始める夕暮れ時。

二人の冒険者が森に中を駆け巡る。

今日もいつも通りの狩りだった。魔物を追跡し、その命を刈り取る。

ただそれだけの仕事だったはずだ。

唯一普段と違う点は、自分たちが強くなったと確信し森のさらに深くに入り込んだこと。

それが、新人冒険者である彼らの悲劇の始まりだった。

「こんなにゴブリンがいるだなんて聞いてないぞ！　どうなってんだ！」

「それも、かなり統率が取れているわよ！」

森の深くに足を踏み入れ、最初に出迎えたのはゴブリン。

森の浅い場所とそう変わらない景色にがっかりとしつつも、彼らはゴブリンを狩ろうとした。

しかし、それは獲物を誘い出す囮。

既にゴブリンたちに包囲されているとも知らず、彼らは甘い果実に誘われてしまったのだ。

「グギギ！」

「くそ！　こっちも既に囲まれてやがる！」

「どうするの!?　もうロザリーとジョーンはいないのよ!?」

行く手に立ち塞がるゴブリンの群れ。

普段のパーティーならば難なく突破できるであろう数の敵。

しかし、彼らは既に二人の仲間を失っていた。魔術師と剣士の一人ずつを奇襲で失い、さらには満身創痍のこの状況。

体力を大きく失い戦力すらも失った今の彼らに、このゴブリンたちはあまりにも強大すぎる。

しかし、彼らはやらねばならない。ここで立ち止まれば、待っているのは死あるのみ。

新人の剣士は手に持っていた剣を強く握りしめると、今ある全力の力を振り絞って目の前のゴブリンに剣を振り下ろす。

「うをぉぉぉぉ！」

「グギャァァァ！」

会心の一撃ともいえる一撃はゴブリンを切り裂き、突破口を開く。

ここで逃げ切れれば、なんとかなるはず。絶望の中、微かに煌めく希望を胸に二人は斬り殺したゴブリンを超えて走――れなかった。

「……へ？」

「リリア！」

リリアと呼ばれた弓使いの冒険者は、力なく崩れ落ちる。

何が起きたのか。見たくない現実を恐る恐る見ると、彼女の足が膝から切断されていた。

「いやぁぁぁぁ！」

足から流れ落ちる血を見ると同時に、脳が痛みを認識する。

悲鳴が森の中で木霊し、剣士の足を止めてしまった。

振り返り、仲間の傷を確認した剣士。そして、その後ろの木陰から出てきた一体の魔物も視界に収めた。

「グギギギギ」

「な、なんでゴブリンメイジがここに……」

中級下の魔物ゴブリンメイジ。魔術を使うゴブリンとして名高く、その知能と豊富な攻撃手段からベテラン冒険者ですら警戒する相手。

自分たちの強さを見誤り、森の奥に足を進めた彼らでは絶対に勝てない魔物が姿を現したのだ。

「グギギ、グギ！」

「いやぁ！　たす、助け――」

ゴシャ。

頭が潰れる音と共に、仲間の悲鳴も聞こえなくなる。

「む、無理だ。勝てるはずがない……」

目の前にやってきた絶望についには心が折れた。既に仲間を二人失い、さらに今、目の前で殺されていく仲間を見て彼の心は完全に破壊される。

ここで大きな力が覚醒することもなければ、運が味方することもない。彼は冒険者としての運が足りていなかったのだ。

握りしめた剣はいつの間にか地面に落ち、彼は絶望に抗うことを諦める。

グシャ、と最後の音が鳴り響く。

彼はまだ幸運だった。最後の抵抗をやめ、相対するゴブリンが残虐な趣味を持っていなかったから。

もし、残虐な趣味を持っていたら、彼は言葉では言い表せないほどの苦痛と絶望をその身に受けることとなっただろう。魔物は、人の痛みを考えない。

こうして、冒険者となり一年目のパーティーは壊滅するのであった。
この森の異変を街に告げることなく。

第四章　夜闇の襲撃者

冒険者となって三ヶ月ほどが経過したある日、俺は天才的な発明をしていた。

魔物の素材回収についての発明であり、これが成功すれば毎日素材を取りに洞窟へ行くことがなくなるかもしれない。

「よしできた。これ、世紀の大発明なんじゃないか？」

「……」

なんちゃって放置ゲーはできているものの、まだまだ完璧にはほど遠い。

狩場についてはもうしょうがないが、素材回収については改善の余地が大いにあるのだ。

ということで、思いついたことを片っ端から試している。

俺は小物が入る程度の小さな肩掛けポーチを闇狼《ダークウルフ》に括《くく》り付けると、満足気《げ》に頷きながら長い木の棒をポーチの中に入れる。

本来なら木の先端ほどしか入らないのだが、マジシャンが奇術をかけたかのようにズブズブと木はポーチの中に入っていった。

「おぉ、ちゃんと成功しているな。よし、次はここらへんを歩いてみろ」

「……」

俺に命令された闇狼は、適当にテクテクと部屋の中を歩く。

可愛い。ペットとか飼ってたらこんな感じで家の中を歩き回るのかなと、実験とはなんの関係もないことを考えつつ俺は闇狼に止まるように命令を出した。

そして、ポーチの中にある木の棒を取り出す。

「お、ちゃんと維持されてる。これで疑似的なマジックバッグのできあがりだな。この世界に、俺の言うマジックバッグなるものがあるかどうかは知らんけど」

マジックバッグとは、見た目以上に物が入る鞄のことである。異世界の定番アイテムであり作品によって扱いが違うが、基本的には空間を拡張して作られているな。

俺が作ったなんちゃってマジックバッグは、ポーチの中の影に闇沼《ダークマーシュ》に魔術を施しただけの超手抜きバッグであり、俺の魔力が尽きてしまえば使い物にならない。

しかし、魔力の続く限りは無限にモノが入れられる最強の鞄となる。これに時間停止とかの機能も付いていれば伝説の鞄になれただろうが、さすがに知らないものを生み出せるほど俺は天才ではなかった。

それでも、かさばらないし重さも感じないのだからぶっ壊れアイテムだが。

〝影ごと移動させれば、闇沼《ダークマーシュ》の効果を維持できるんじゃね？〟と考え付いたのは我ながら天才だったな。ただし、維持するのに必要な魔力量が多いため、いくらかの闇狼たちを消す羽目になったのは痛いが。

今後も、魔力の自然回復量と消費魔力量のリソース管理が重要となってくるだろう。普段の戦闘で使う魔力も確保しなきゃならないから大変だ。

「さて、最後の関門。ポーチは影の中に入るのかだな。一応、ポーチに魔法陣も刻んであるけど、上手くいくかどうかわからん。狼、影の中に潜れ」

「……」

俺の命令を聞いた闇狼は、影の中に入るとその狼が身に着けていたポーチも影の中に入っていく。

おぉ！　ちゃんと成功したぞ！

ポーチには影入《シャドウダイブ》と呼ばれる、対象の物を影の中へ入れるようにする魔法陣が施されている。

この魔術は使用時にのみ魔力を消費し、長時間維持する意味がないので魔法陣を刻むという手法を取った。

結構大変だったな。魔法陣って正確に描かなければ効力を発揮しないから、真っすぐな紙でもない複雑に折れ曲がった布へ正確な魔法陣を描くのはかなりの神経を使う。

だが、それだけの価値があったと言えるだろう。これで、勝手に素材を回収してくれる自動機構が完成したのだから。

あとはしっかりと命令を与えれば、上手いことやってくれるはずである。

「夜が楽しみだな。朝になれば、いっぱい魔物の素材を回収してくれるかも」

俺はそう思いながら、今日も冒険者としての仕事に向かうのであった。

◆　◆　◆

冒険者ギルドの扉を開けると、いつもよりも中が騒がしかった。

いつも騒がしいっちゃ騒がしいのだが、そういう喧騒ではなくギルド全体が少し慌ただしいようにも見える。

今日はエレノアと同じタイミングじゃなさそうだなと思いながらギルドの中を歩くと、神妙な顔をしていたゼパードのおっちゃんを見つけたので事情を聴くために話しかけた。

「おはよう。何かあったの？」

「ん？　おぉ、ジーク坊ちゃんか。いいところに来たな。じつは、最近森の様子がおかしいって話題になっていてな」

「森が？　特に変わった様子はないと思ったけど」

あの森にはかなりの頻度で通っているが、それらしい異変を見た覚えはない。

俺が首を傾げていると、ゼパードのおっちゃんがわかりやすく今の森の状況を説明してくれた。

「最近、森の浅いところにホブゴブリンが出てくるようになってる。しょせんはゴブリンの次に当たる上位種だし、なんらかの拍子で進化しただけの個体かもしれないが、目撃情報や討伐数が少し多いんだ」

「なるほど。それで森の調査に？」

「いや、ギルドはまだ調査を行わないみたいだぞ。過去にもそうやってホブゴブリンが出てきたからってことで調査をしたことがあったんだが、取り越し苦労だったらしいからな」

「それで大事になったら笑い話にもならないけどね」

「全くだ。とはいえ、ギルドも無駄金は出したくないんだろ。慈善団体じゃないからな。利益を追求しつつも、人々の安全を守るのが仕事だ」

冒険者ギルドの理念は〝弱き民を守るために〟。しかし、冒険者ギルドも組織として運営している以上、金は必要であり多少なりとも利益が必要となる。

難しいところだな。見極めが遅ければ大惨事を招き、見極めが早すぎれば冒険者ギルドに大きな損失をもたらしかねない。

今頃、この街の冒険者ギルドのギルドマスターは頭を抱えて必死に考えていることだろう。

どうすれば、金を大して使わずに森の異変を確認できるかどうかを。

「ギルドも大変だね」

「同感だ。毎度思うが、ギルドマスターにだけはなりたくないな」

「その街の中で一番偉い冒険者ギルドの職員だもんね。責任が全てのしかかるよ」

「気楽に生きたい俺からすれば、無理な立場だな」

今日は街の中で行える仕事にするか。こういうときこそ安全マージンは取らないとね。

俺はそう思うと、依頼書が貼り出されている依頼板に向かうのであった。

◆　◆　◆

魔術学院を卒業し冒険者としての道を歩む変わり者であるエレノアは、その日依頼板に貼り出されている依頼に目が留まった。

「南にある森の調査？　しかも報酬が渋すぎるわね。銅貨五枚って……」

効率を求めるエレノアにとって、この報酬の渋さでは受ける気にすらならない。否、どの冒険者も受ける気にならないだろう。

しかし、冒険者ギルドからの依頼であるところを見るに、何か裏でもあるのかとエレノアは気になって受付嬢に話しかけた。

「ちょっといいかしら。あそこに貼り出されている依頼に森の調査とあるのだけれど……」

「はい。最近森の浅いところなどでホブゴブリンの目撃情報が増えておりまして。その調査をお願いしているやつですね」

「そうなのね。それで、あの調査って基準はなんなのかしら。何か異変を見つけるまで探すの？」

「いえ、その日の森の様子を報告してくれるだけで構いませんよ。あくまでもついで程度に森の中を見て回るだけでいいので、多くの冒険者さんがあの依頼を受けています」

「ふーん、それじゃ何もなければ〝異状なし〟と報告するだけでもいいのね？」

「はい。それで問題ないかと。あ、でも、大きな異変を見つけ報告された場合は報奨金があるので、それ狙いでもいいですよ？」

「さすがにそれは遠慮するわ。たまたま見つけたらラッキー程度に考えておくわよ。報奨金がいくら出るのかもわからないのに、無駄な時間を使うのは効率が悪いし」

エレノアはそう言うと〝これだけ緩い依頼なら受けておこう〟と思いつつ冒険者ギルドをあとにし

て、日課である常設依頼をこなしに森へ向かう。

南門を抜け、一ヶ月以上も通っている森へ辿り着くと早速探知《サーチ》の魔術を行使して森の中を確認していく。

常時発動でいればいいのだが、逐一送られてくる情報を処理しつつ周囲に生えている薬草などを見つけるのは難しい。

ある程度まで歩いてから、再度探知の魔術を使って周りを確認するというのがセオリーであり、魔術師としての常識だ。

（近くに魔物はいないわね。もう少し奥へ進みましょう。ついでに薬草の採取をしておかなきゃ）

エレノアは暫く薬草を採取しつつ、森の奥へと向かっていく。とはいえ、エレノアはまだ鉄級冒険者。あまり無謀すぎることをすれば、その安易な行動が自分の首を絞める。

なので最奥には行かず、比較的浅い場所を中心にエレノアは行動を続けた。

（そういえば、今日はジークに会えなかったわね。ちょっと残念だわ）

薬草を採取しながら、エレノアはそんなことを思う。

魔術学院を卒業すると同時に冒険者登録を済ませ、一人で森へと向かう際に出会った一人の少年。

どこかオッサン臭い思考をしてはいるが、行動は年相応の子どもというどこか歯車が噛み合わない不思議な少年のことをエレノアはかなり気に入っていた。

魔術学院に通っていた頃は、友人と呼べる存在など一人もいなかった。人間関係なんて面倒で効率が悪いと思っていたし、今でも少し思っている。

作る必要性を感じなかったことと、単純に彼女と波長が合う人がいなかった。

しかし、ジークと話しているときは意外にも楽しい。エレノアとの波長が合うのか、居心地が良かった。

（一人ぐらいは友人がいるというのも悪くないわね。ジークの御両親が経営しているお店の料理もおいしいし）

願わくば、ジークも自分のことを友人と思ってくれていると嬉しい。そう思った矢先だった。

既に探知を終えた場所だったため、油断したのだろう。ガサガサと近くの茂みが揺れ、エレノアを現実に引き戻す。

「……！」

素早く杖を構え、第二級魔術を行使。魔術は万が一、人だった場合も考慮して、殺傷能力が低い水を選択した。

殺傷能力が低いだけであって、エレノアが放つとかなりの威力になるのだが。

「撃ち抜け」

短い言葉と共に放たれた魔術は、草木を掻き分けて茂みの奥で蠢《うごめ》く何かに当たる。

エレノアは魔術が当たったことを確認すると、何に対して魔術を撃ったのか確認しようとした。

既に相手に攻撃を加え、自分は安全だと思い込んだのが間違い。即座に探知の魔術を使えば、一体を囮にエレノアへと迫るホブゴブリンの存在に気付けただろう。

再びガサガサと茂みが揺れ、後ろにも何かいると気付いたときには遅かった。

「グギャ！」

「しまっ――――」

〝ゴン！〟と鈍い音と衝撃がエレノアを襲う。

あと数秒振り返るタイミングが遅ければ、エレノアは意識を失っていただろう。不幸中の幸いと言うべきか、急所への攻撃は避けた。それでも頭から血を流し、視界は眩《くら》んでズキズキし痛むが。

エレノアの頭を的確に殴りつけたホブゴブリンは、獲物を逃がさないように仲間たちにも攻撃をするように指示を出す。

エレノアを狙っていたゴブリンは一体ではなかったのだ。

「……くっ」

迫り来るゴブリンたち。普段のエレノアならば、魔術を行使してこのゴブリンたちを銅貨に変えていただろう。しかし、頭を強く殴られ意識と視界が朦朧とする状態ではまともに魔術を行使するのは難しい。

痛みに慣れ、ある程度の経験を積んだ魔術師ならばともかく、机の上でしか魔術を行使してこなかったエレノアに魔術を使えるほどの高い集中力と狙いを定める目は無かった。

エレノアはこのままでは殺されてしまうと本能で感じると、ゴブリンたちに背を向けて逃走。囮に使われたゴブリンのほうに逃げたのは正解であった。

もし、その場所以外から逃走を図った場合、ゴブリンたちに捕らえられ今日の昼食か晩飯に並ぶことになっていただろう。

今にも倒れそうな朦朧とする意識の中、エレノアは歯を食いしばって耐えながら逃げていく。

だが、逃げた先は森の中。さらに森の中に入っていくということは、魔物たちの巣の中に自ら足を踏み入れることとなる。

(どのくらい逃げてきたのかしら……そして、ここはどこ?)

命からがら逃げ延びたエレノアは、殴られた頭の痛みに耐えつつ森の中を歩く。

探知の魔術が使えるほど体力や体が回復していないこの状況では、周囲にあるもの全てが敵に見えてしまう。

揺れる木の葉にすら過剰に反応し、エレノアの精神を擦り減らす。

(逃げる際に杖以外の物を全部投げ捨ててきちゃった。どうしよう。回復する手段もないし……)

エレノアは白魔術を使えない。

白魔術に限った話ではないが、魔術は適性があるものしか行使できず白魔術が行使できる場合は大抵教会に引き抜かれる。

ラステルのように冒険者をしている白魔術師もいるにはいるが、彼女も教会所属のシスターであった。

(水はなんとかなる。問題は、ここがどこなのかと、流れ続ける血の処理……ダメ、頭が回らない)

エレノアはついに限界に達し、近くの木の根本に座り込む。そして、何か食べなければと思いポケットに入っていたコスパ重視の干し肉を齧った。

(ゴブリンが連携を取っている。しかも、奇襲を仕掛けてきたのはホブゴブリンに見えた。普段なら

なんとでもなるのに、油断した）

ホブゴブリンの力はかなりのものだ。レベル3の大人ぐらいある腕力で殴られたとなれば、エレノアへのダメージも相当なものである。

もし、ホブゴブリンが死んだ冒険者から奪った鉄剣なんかを持っていれば、エレノアは間違いなくあの場で死んでいただろう。

（とりあえず、今日を越せる場所を探さなきゃ。足が重いし頭もクラクラするけれど、ここで寝たら間違いなく死ぬ）

干し肉を食べ終え、少しだけ体力の戻ったエレノアは再び歩き始める。

そして、エレノアはその目で見た。

村のような集落を作るゴブリンたちを。数はかなりのものであり、少なくとも一〇〇体以上はいる。中には豪華な衣装（ゴブリン基準）に身を包んだゴブリンも何体か存在しており、騎士のようなゴブリンすら確認できる。

（ゴブリンが村を作っている⁉　これはまずい。早く冒険者ギルドに伝えないと。でも――――）

エレノアがいくら冒険者として新人だからとはいえ、ゴブリンが村を作り始めているのは常識的でないことは理解できる。

今すぐにでも街に帰って冒険者ギルドに報告することが急務だ。対応が遅れれば、街に被害が行くかもしれない。

しかし――――

（でも、ここがどこなのかわからなくて帰れない……どうしよう）

エレノアは半泣きになりつつ、自分の置かれた状況を理解して絶望するのだった。

◆　◆　◆

ゴブリンの村を見つけたエレノアは、一旦その場を離れると体を落ち着けられる場所を探す。

自分の居場所がわからない以上、今日は夜をこの森の中で過ごすこととなる。

夜の森は危険だ。視界が月明かりしかなく、常に周囲を警戒しなければならない。それでいながら、睡眠が必要という生物としての不便な体が足を引っ張る。

「よかった。近場に休めそうなところがあって」

エレノアは運良く大きな木の根元にできた空間を見つけると、今日はここで休もうし目印を付けておく。

長い時間森の中を彷徨《さまよ》っていたためか、頭から流れ落ちる血も止まり始めていた。

それでも脳へ直接響く痛みに悩ませられながら、エレノアは再びゴブリンの村へと向かった。

殲滅できればそれが一番ではあるが、魔術学院を首席で卒業したエレノアといえども、それが無謀だということはよく理解している。

しかし、エレノアも冒険者の端くれとしてせめて監視だけでもしておこうと考えたのだ。

（もう魔力の残量が少ない。魔物と遭遇した際に魔術を使うとなると、自由に使える魔術は二つか三

つ程度。いや、水分の確保も考えるともっと使える魔力は少ないわ）

魔物と不意の戦闘に入った場合の魔力を確保しておきたいエレノアは、残り少ない魔力の残量を気にしながらゴブリンの村が見える場所に戻ると木に魔法陣を刻み込む。

ゴブリンたちが感知できないギリギリのラインを見極めて刻まれた魔法陣。

この魔術は、魔法陣を刻み込んだ場所を〝目〟として使うことができる。警備が厳重な場所では必ずと言っていいほど使われている魔術であり、任意でオンとオフが切り替えられる優れもの。それでいながら魔力消費が少ないので、魔術を使える者としては覚えておきたい魔術の一つである。

どこぞの放置ゲーマーは覚えていないが。

欠点は一方向しか見られないこと。魔法陣を刻んだ場所が目となるので、視点は動かせない。

（これで良し。今日はここで引き揚げましょう。監視だけして、魔物の情報を冒険者ギルドに伝えないと）

エレノアはそう判断すると、ゴブリンたちに見つからないようにこっそりと逃げ出す。

そして夜がやって来る。

エレノアは不気味に揺れる草木の音に震えながら、ゴブリンたちを監視していた。

刻み込んだ魔法陣はたった一つ。だが、そこから見えるゴブリンの村は新人冒険者であるエレノアですらまずいと思わせるものだった。

（知能が低いはずのゴブリンたちが、的確に家を作っているわ。人間に比べれば大きく劣るけれど、ちゃんと家として機能する程度のものができているわね）

間違いなくゴブリンを統率する者がいる。

エレノアは魔術学院で少し触れた魔物の習性や特徴について思い出しつつ、どのゴブリンが統率者であるかを探し続けた。

（確認できるだけで、ホブゴブリン、ゴブリンソルジャー、ゴブリンメイジ、ゴブリンファイターなんかがいるわ。ゴブリンソルジャーやゴブリンメイジは中級下の魔物にもかかわらず、誰かに従っているような動きがある。となると、それ以上のゴブリンがこの村を支配していることになるわね……）

この規模のゴブリンたちが街のほうへ進軍して来たとなれば、大きな被害は避けられない。村の規模はまだまだ大きくなっているように見えるし、弱いとはいえど統率の取れたゴブリンは馬鹿にできないのだ。

その昔、ゴブリン種の最上級魔物が現れたときは、何万ものゴブリンたちを率いて人間と戦争したという記録もある。

被害は計り知れず、冒険者や国を守る騎士はもちろん、多くの一般市民にも甚大な被害をもたらしたそうだ。

（このゴブリンたちがそこまでの規模になるとは思えないけど、この森を支配する可能性は十分にある……明日、なんとかして私がこの情報を持ち帰らなきゃ）

もっと魔力が自由に使えれば。エレノアは、ふとそんなことを考える。

エレノアの使える魔術の中には、自分の持ち物を探せる魔術もある。使用条件が面倒なうえに、かなりの魔力を消費するので気軽には使えないが、投げ捨てた鞄の場所を特定することはできた。

そこから街に戻れるかどうかはわからないが。

(魔力の温存が……いや、魔術以外の攻撃手段をしっかりと修めていれば、もっと気軽に魔術を使えたのに)

エレノアは以前ジークと揉めた、ある話を思い出す。

魔術の効率のみを求めたエレノアと、いかなる場合でも対応できるように魔術以外の近接戦闘も鍛えていたジーク。

エレノアも剣が使えれば、魔物を殴って倒せるだけの技術と力があれば、魔力の温存という選択肢を取らなくてもよかったかもしれない。

(ジークの言っていたことは正しかったわね。帰ったら剣の使い方でも教わってみようかしら。知らない魔術を教えてあげたら、快く引き受けてくれるかも)

エレノアはそう思い、どこか不思議な雰囲気を纏った少年の顔を思い浮かべたそのときだった。

監視していたゴブリン村の様子がどこかおかしい。ゴブリンたちは慌ただしく何かと戦い始め、村は混乱の渦に飲まれていく。

「な、何？」

思わず声が漏れる。

エレノアが監視している場所からではよく見えないが、明らかにゴブリンたちが何者かと戦っていた。

徐々に、されど確実に、ゴブリンたちが始末されていくのがわかる。

はっきりとは見えないが、そう確信させる〝何か〟がこの暗闇の中で蠢いていた。

そして、それは姿を現す。

「真っ黒な狼……？」

漆黒の闇に身を包んだ狼たちが、月明かりに照らされながらゴブリンたちを食い荒らしては殺していく。ゴブリンたちも棍棒やら剣やらを持って応戦していたが、どうも攻撃がまともに通ってないように見えた。

「影狼《シャドウウルフ》かしら……？　でも、大きさが少し違うし、何よりも攻撃が効いていない。新種の魔物？　意味がわからない……！」

毛が真っ黒な狼の魔物、影狼をエレノアは真っ先に思い浮かべたが、どうも自分の知っている見た目とは違ううえに性質も異なっているように見える。

ゴブリンソルジャーが確実に狼をその剣で切り裂いたはずなのに、その狼は傷一つなく何事もなかったかのようにゴブリンの喉元を食い千切るのだ。

明らかにゴブリンの攻撃を無力化している。

「何これ……いったいなんの魔物なの？　それに数も多いわ」

闇の中を自由自在に動き回る狼たちは、月明かりに照らされながらゴブリンを淡々と始末していく。

狼ならば遠吠えの一つぐらいは上げそうなものだが、その声すら聞こえない。その不気味さが、エレノアの恐怖心を加速させる。

エレノアはこの異常な光景に魅了されて気付かなかったが、この村の統率者である中級魔物のゴブリンナイトは何度も何度も切って殺している狼が複数体迫ってくることに恐怖し、背を向けて逃げようとしたところを食われていた。

そして、統率者をなくしたゴブリンたちは無残にも食い殺される。

エレノアは何が起きたのか。この漆黒の狼が何物なのか全くわからず、混乱するだけ。

自身が理解できないその何かが全てを殲滅するその瞬間を、エレノアは、ただただ見つめることしかできない。

(もし、この狼たちが私を襲ってきたら……)

その日の夜は、ゴブリンたちを食い殺した狼が自分を見つけて襲いかかってくるかもしれないという恐怖で一睡もできず、目の下に大きな隈を作る。

そして、睡眠不足により的確な判断ができないまま、フラフラとゴブリンの村の跡地へと向かうのだった。

◆　◆　◆

森での異変を知らされた俺は、大人しく街の中で冒険者稼業を行って家に帰った。

レベルは既に11になっており、闇人形《ダークパペット》から闇狼に変えてからは心なしか魔物を狩る速さが上がっている気がする。

レベルだけは高い俺だが、こういうときは安全マージンを取っておいたほうがいい。

前世での経験則からして、何か異変があったときは大抵巻き込まれるものである。

明日も街の中で仕事をするかなと思い、その日は瞼《まぶた》を閉じるのであった。

翌朝。俺は身体の変化を感じていた。

「レベルが上がっているな。しかもかなり」

何度も経験したレベルアップの感覚。全能感が身体を支配しているが、今日は今まで以上に身体から力が溢れている。

今なら、親父と正面から戦っても勝てそうだ。

そう思いながら、脳内でレベルを確認する。

「レベル14だと？　……寝る前は11だったから、3レベルも上がったのか」

銀色のスライムでも見つけたのかと思うぐらい、レベルが上がっている。

この一晩で何があったのだろうか。

気になった俺は目を閉じ、森の中で狩りを続ける闇狼と視界を共有する。

(普通の森の中だな。よし、狼、昨日の夜狩った場所まで案内しろ)

闇狼に指示を出し、暫く森の中を進むとそこには地獄絵図かと思うほど悲惨な姿で死に絶えるゴブリンたちの姿が見えた。

すごい数のゴブリンだ。まだ死んでからそれほど時間が経っていないためか、血が完全に固まっていないゴブリンもいる。

死体を数えるのも嫌になるほど死んでいるゴブリンたちの中には、ホブゴブリンと思われる特徴を持ったものや、ゴブリンソルジャーと思われるものまでいる。

なるほど。これだけの数、しかも、最下級から中級下までの魔物を殺し回れば嫌でもレベルは上がるだろう。

ざっと一〇〇体以上、下手をすれば二〇〇体以上のゴブリンの群れを殲滅したのだから。

多分、一般的な冒険者の一生分のゴブリンは殺しているだろうな。これだけのゴブリンたちの素材を売れば、いい金になるだろう。

ゴブリンたちの死体を見れば、魔石と牙と耳が器用になくなっている。

あとで、なんちゃってマジックポーチを持たせた狼を呼び寄せるとするか。

俺は、レベルアップと大量のゴブリンたちを殺したことによって獲得した素材に機嫌を良くしながら、家を出るのであった。

まさか、闇狼たちがゴブリンを殺戮する現場を見た者がいるとも知らずに。

◆　◆　◆

冒険者ギルドに向かうと、どうも中が騒がしい。

いや、騒がしいのはいつものことだが、騒がしさが違う。昨日と同じように、森の中で異変が起きたことを話し合っていたときと同じ雰囲気だ。

「おはよう。ゼパードのおっちゃん」

「おい、ジーク坊ちゃん。お前、エレノアがどこにいるのか知っているか？」

「ん？　エレノア？　知らないけど」

ゼパードのおっちゃんがいたので挨拶をすると、彼は挨拶を返すことなく真剣な表情でエレノアのことを聞いてくる。

この言い方と真面目な顔を見るに、何かあったのか？

「エレノアに、何かあったの？」

「どうも、森の調査依頼を受けてから帰ってきていないみたいだ。朝からギルドの受付嬢が心配していてな。取り越し苦労ならいいが、俺の勘が違うと言っている」

「つまり、森の中で何かあったと？」

「そういうことだ。じつはジークとよろしくやってて、報告を忘れたなんてオチだったほうがよかったがな」

「エレノアのお嬢さんと仲がいいのはジークだけだからな。俺としてもそっちのほうがよかった」

「グルナラのおっちゃん……」

おい、一応子どもである俺の前でなんてことを言うんだ。

俺は心の中でツッコミを入れつつ、エレノアが森の中で何かあったのかを考える。

エレノアは魔術効率にこだわる効率厨だが、決して弱いわけではない。そんじょそこらの魔物に殺される想像はできなかった。

少なくとも、正面からの戦闘ならば負けることはないだろう。

ご自慢の魔術があるんだしな。大抵の場合は近づかせることすら許さず圧勝する。

となれば、奇襲を喰らったか？

俺もそうだが、エレノアは新人冒険者だ。どれだけ魔術が上手く使えようとも、冒険者としての経験は浅い。

薬草採取中に後ろからボカン。とても鮮明に想像できてしまう。そして、気絶したら永遠に目を覚ますことはないだろう。

下手をしなくとも、今頃魔物の胃の中なんてこともあり得る。

俺は、じっとしていられなかった。

「……ちょっと行ってくる」

「おい、ジーク坊ちゃん？　おい！　待て！　今の森に入るのは危険だって……はやっ！」

「ジーク!?　行くとしても人を——速《は》ぇ！」

ゼパードのおっちゃんたちが俺を止めるよりも早く、俺は冒険者ギルドを飛び出る。

この世界で初めてできた友人。魔術の話になれば楽しそうに教えてくれ、食事のときは年相応の少女に戻る唯一の友人。

なんやかんや気が合うんだよエレノアとは。そんな大事な友人が危険な目に遭っている。

簡単に死ぬようなタマではないだろうが、一分一秒を争うのは間違いない。

人にぶつからないように街の中を全力で走りながら、俺はポツリと呟いた。

「チッ、何があったのかは知らないが、絶対痛い目を見ると思ってたんだよ。あの効率厨め」

効率だけで生きていけるほど、この世界は優しくない。

効率だけを求めるなら、もっと違った生き方がごまんとある。だが、それでは人は生きていけないと知っているから手を取り合うのだ。

理想を壊すのは、いつだって現実である。

俺は焦る気持ちを押し殺しながら南門を出ると、使える全ての力を使って森へと駆け出す。

魔力消費などは一切考えない。捜索のために闇狼を行使できるだけの魔力だけ残しておけば。

まさか、今朝のレベルアップの恩恵がこんなところでも出てくるとはな。昨日よりも体が軽く、走る速さも段違いだ。

さらに、毎日磨き上げてきた魔力操作による身体強化と追い風を出す魔術を合わせれば、親父の全力ダッシュよりも速くなる。

「この際、ポーチにかけた魔術も解除するか。維持にかかる魔力量も多いし、その分を捜索に回せる」

ポーチにかけている魔術、闇沼を解除すれば、ポーチの中に入っていた物は外に出てポーチは弾け飛び素材はダメになってしまうだろう。

しかし、今はエレノアの命のほうが大事である。金はいつでも稼げるが、人の、それも友人の命は金には代えられない。

そもそも比べることすら失礼だろう。俺にとって、友人とはそれほどまでに人事な存在なのだ。

全ての魔術を解除すると、一気に魔力が回復していくのがわかる。レベルが上がったことにより、魔力の自然回復量も上がっていたのは理解していたが、ここまで上がっていたとは。

俺は自分の魔力量に驚きつつも、回復していく魔力を無駄にしないように影の中に闇狼をいくつも生成していく。

おそらく、今日ほど本気で闇狼を行使した日はないだろう。

「全ての闇狼に命令。エレノアを捜し出せ。発見した場合は、一定の距離を置いて影の中に潜伏しろ。もしエレノアが魔物に襲われたら守れ。人に見つかっても構わない。なんとしてでも見つけろ」

だいぶアバウトな命令だが、この闇狼たちはそれなりに賢い。俺の希望するように動いてくれるはずだ。

「さて、このクソ広い森の中でエレノアを見つけられるのか？」

わずか二〇分で辿り着いた森を見て、俺は不安に駆られつつもエレノアを捜しに森の中に足を踏み入れる。

あぁ、今日ばかりは信じもしない神に祈りたい気分だ。エレノアが何事もなく無事に生きていることを。

◆　◆　◆

ジークがエレノアの捜索を開始した頃、エレノアは満身創痍になりながらも森の中を歩いていた。

現在、エレノアがいるのは森の中層。普段相手にしているゴブリンはもちろん、中級下の魔物が出てきてもおかしくない場所にいる。

エレノアは極度の緊張と恐怖から喉が渇き、残り少ない魔力を使用した。

「……魔力よ、水となりてこの世界に顕現せよ。水生成《クリエイトウォーター》」

エレノアの状態は深刻だった。

ゴブリンからの奇襲を受けたことによる傷の痛みと、昨晩行われた謎の狼によるゴブリンの殺戮。いつ自分もその牙に食われるかもしれないという恐怖と、それによる睡眠不足。さらに満足いかない食事による空腹となれば、魔術を使用するための集中力などほとんどない。

まだ昨日一夜を過ごした場所に留《とど》まったほうが安全だったのだが、その判断すらできないほどに衰弱していたのだ。

「助けて……」

思わずそんな声が漏れる。

まだまだ新人冒険者であり、修羅場をまともにくぐったこともない少女。精神的、肉体的に弱ってしまっていては、弱音を吐くのも仕方がない。

（ジークぅ……助けて……）

エレノアの人生で初めてできた友人。どこか少し変わったその友人の顔を思い浮かべ、エレノアはついに限界を迎える。

足に力が入らず、視界もぼやける。足替わりをしていた杖にさえ力が入らず、エレノアの体は地面へと落ちていく。

ここで気絶してしまったら死んでしまう。頭では理解していても、体が全く言うことを聞かない。

エレノアは最後の力を振り絞ると、木にもたれかかって眠りに落ちてしまうのであった。

◆　◆　◆

エレノアの捜索を開始してから数時間後、俺は焦りを覚えながら森の中をくまなく見て回っていた。

この膨大な森の中でたった一人の人間を見つけるのは、砂漠の中で一粒の砂を見つけようとしているに等しい。

無謀がすぎる挑戦であったが、それでもやるしかなかった。

「マジでこの魔術は使い勝手が悪いな。めちゃくちゃ頭が痛ぇ……」

森の中腹に入った頃、俺は探知を頻繁に行使するようになった。

まだ使い慣れてなくて詠唱の補助が必要な状態ではあるが、視界外の場所も捜索できるとなれば使わない手はない。

しかし、以前エレノアが行使していたときに痛みをこらえていたことからわかる通り、この魔術の欠点である情報過多が俺の頭を苦しめた。

目を開いた状態で闇人形と視界を共有する際ですら、情報量が多くて頭が痛くなったのだ。頭の中に周囲一〇〇メートル近くの情報が流れ込んでくるとなれば、脳がオーバーヒートしてしまうのも無理はない。

それでも、俺は痛みに耐えながら何度も探知の魔術を行使した。

エレノアが生きていると信じて。

「ここら辺にもいないか。時間がかかりすぎるのはまずいぞ。この森も安全じゃないしな」

多くの魔物が棲むこの場所が安全なわけがない。ふと気を抜けば、あっという間に殺されてしまうのが冒険者であり、この世界だ。

俺ががむしゃらにエレノアを捜している今ですら、何度か魔物の襲撃があった。

探しているときほど見つからないのに、探していないときに来るのは本当になんなんだ？　この世界でも〝落としたトーストがバターを塗った面を下にして着地する確率は、絨毯の値段に比例する〟《マーフィーの法則》が働いているのか？

本当にいい迷惑だ。そんな法則前世に捨ててこいよ。

「本当にどこにいるんだ。あの効率厨め。無事に帰れたら説教してやる」

そう言いつつエレノアを捜すこととさらに数時間。日が沈み始め、今日の捜索は狼たちに任せようか迷い始めた頃だ。

森の中を疾走して来る一匹の狼。一瞬魔物と見間違えたが、魔力の繋がりを感じて俺が作り出した狼だと判断できた。

「……」

「見つけたのか⁉」

「……（コクコク）」

「今すぐに案内しろ！」

狼は俺がそう指示すると、全力で森の中を駆けていく。

俺は今日一日の疲れが溜まってかなり体がダルかったが、それでも体に鞭を打って狼のあとをついていった。

木々が邪魔になり本気で焼き払ってやろうかと思いつつも森の中を駆けること約二時間。完全に日が沈み、人々が寝静まる時間帯に差しかかり始めた頃、ようやくエレノアを見つけた。

だが、素直には喜べない。

エレノアは木にもたれかかり、気を失っていた。

しかも、頭から血を流した跡がある。下手をすれば死んでいるかもしれない。

「おい！　エレノア！　しっかりしろ！」

俺は闇狼に周囲の警戒を指示することも忘れ、エレノアを抱きかかえた。

手首を触り、脈拍を確認すると問題なくエレノアの心臓は動いている。

よかった。死んでいるわけではなさそうだ。

胸の動きを見ても規則正しく動いている。少なくとも、命に別状があるわけではないだろう。

「エレノア！　しっかりしろ！」

俺はエレノアの頬を何度もペチペチと叩きながら、目を覚ますことを促す。

気絶したままなのはあまりよろしくない。傷の手当てもろくにされていないのを見るに、目を覚ますまでは安心できなかった。

「エレノア！　起きろ！　エレノア！」

「……ん、んん」

数分近くエレノアの頬をペチペチと叩き続けながら呼びかけると、ようやくエレノアは目を覚ます。

ゆっくりと開かれた瞼から覗く眼は、初めて会ったときのような透き通る綺麗な紫色からはほど遠かった。

「……ジーク？」

「目が覚めたか？　エレノア」

「ジーク……あぁ、ここは天国なのね」

「人を勝手に殺すな。ここは天国でもなければ地獄でもないぞ」

「……でも、ジークがここにいるわけない。だってジークは冒険者だもん」

「何を根拠にそんなことを言っているのか知らんが、俺はちゃんとここにいるぞ。ほら、目を覚ませ効率厨。それとも頬をつねって痛みを感じないとわからないか？」

〝じつは脳に深刻なダメージが入っていてエレノアの思考機能が狂ってしまっているのでは？〟と心配してしまったが、次第にエレノアは目を覚ましていった。

そして完全に目が覚めきった頃、エレノアの目には大粒の涙が溜まり始め、その涙がポロポロとこぼれ落ちていく。

「じーく、じーくぅ……怖かったよぉ！」

いつものクールな感じはどこへやら。そこには、恐怖から解放されて泣き崩れる一人の少女がいた。

俺の腕をこれでもかというほど強く掴み、胸の中で泣き続ける。

こういうとき、どうすればいいのだろうか。普段とは違うエレノアに少し困惑しながらも、俺は優しくエレノアの頭をなでてやる。

ここで気の利いたことが言えればいいのだが、あいにく彼女いない歴＝年齢だった俺にそんな高度な技術を求めてはいけない。

「うぅ……うぅ……」

「……」

結局、エレノアが泣きやむまで俺は優しくその頭をなでるだけであった。

この調子じゃ、今日中に街へ帰るのは無理そうだな。明日は俺もエレノアも人人たちに怒られそうだ。

◆　◆　◆

翌朝、俺が持っていた食糧を食べ、十分な休息を得たエレノアはそれなりに回復した。

まだ歩くと足元がふらつくが、それは俺が支えてやればいい。

周囲の警備を闇狼に任せ、エレノアを支えながら歩く。今日中には森を出て街に帰らないとな。最悪、エレノアをおぶって帰ろう。

「ありがとうジーク。ジークが助けてくれなかったら、今頃私は死んでいたわ」

「気にすんな。まだそんなに長い付き合いではないけど、友人なんだからな。友達が死にそうな目に遭っているってのに、助けに動かないのは友達じゃない」

「ふふっ、やっぱりジークは優しいのね」

「まぁな。それで、何があったんだ？　エレノアが死にかけるなんて」

「油断したのよ。少し頭の回るゴブリンに奇襲されたわ」

エレノアはそう言うと、綺麗な顔に付いた傷を俺に見せる。

やはり、正面戦闘ではなく奇襲でやられたのか。エレノアがそう簡単に負けるわけないもんな。

俺も気を付けないと、こうしてあっさりと死ぬ可能性がある。明日は我が身だ。

「経験が足りなかったな。俺も人のことは言えんが。治そうか？　俺は白魔術も使えるぞ」

「白魔術も使えるの？　それはすごいわね。ん？　本来黒魔術と白魔術は一緒に使えないはずなのだけれど……治療はいいわ。この傷は自分への戒めとして残しておくわよ」

「いいのか？　せっかく綺麗な肌をしているのに」

「ありがとう。でも本当にいいわ。自分の未熟さを思い出すから、これでいいの」

女の人にとって（男も例外ではない）顔は命。特に見た目に気を遣う女性の顔に傷跡が残るのは、かなり致命的だ。

しかしエレノアは、自分の愚かさを忘れないようにこの傷を刻むと言う。強いな。

「ジークはしっかりしているわ。それに比べて、私はまだまだね。ジークの言っていた近接戦闘の大切さもよくわかったわ。あのときはごめんなさい」

「気にしてないからいいよ。俺もちょっと熱くなってたしな」

「それで、助けてもらっておいて図々しいのだけれど、私に近接戦闘を教えてくれないかしら？　私からはジークの知らない魔術を教えることしかできないけど」

え、いいの？

魔術を教えてくれるの？　しかも魔術学院の首席様に？

断る理由があるわけがない。エレノアから魔術を教えてもらえれば、それだけ魔術学院に通ったことと同じ価値になる。

断る理由もないよね。でも、近接戦闘に関しては俺よりも教えるのが上手い人はいると思うんだが。

「俺としては嬉しい提案だが、いいのか？　俺よりも強くて教えるのが上手い人はたくさんいるはずだぞ」

「ジークがいいのよ。それと、私は人との交流が少ないから頼める人がジークぐらいしかいないわ」

「自分で言ってて悲しくならないか？　ソレ」

「私が選んだ道よ。後悔はしていないわ。この人生を歩んでいたから、ジークにも会えたわけだしね
……あっ！」

と、ここでエレノアは何かを思い出したかのように、声を上げる。

どうした？　忘れ物でもしたのか？

「まずいわよジーク。この森に新種と思《おぼ》しき魔物が出たわ。それも、すさまじい強さの魔物よ」

「何？　最近の森の異変に何か関係しているのかもしれんな。どんなやつだった？」

「真っ黒な狼だったわ。群れで行動していて、私が昨日たまたま見つけたゴブリンの村を一瞬にして滅ぼしたの。声すら上げない不気味な狼だったわ」

……ん？　群れで行動してゴブリンの村を滅ぼした？

なんか昨日闇狼に見せてもらった場所にゴブリンがめっちゃめちゃいたよな。しかも、よくよく思い出してみれば建物の残骸のような物も転がっていたはず。

そして声を上げない？　うちの闇狼は声帯とか持ってないから声の上げようがない。

あれ？　エレノアが見たその新種の魔物って闇狼じゃね？

「どうやってそんな危険そうな魔物を見たんだ？」

「監視用の魔術をゴブリンの村に貼り付けていたの。奇襲を受けたあとゴブリンの村を発見して、これはまずいと思って監視していたら、その日の夜に現れたのよ」

なるほど。つまりエレノアはその場にいなかったというわけだ。道理で本来人前に姿を現さないように指示している闇狼を、見ることができてしまったんだな。

そんな魔術知ってるわけないだろ、いい加減にしろ。

今度からその魔術の対策を組み込むか？　いや、それよりも先にエレノアにその監視魔術のことを聞かなくては。

これは口止めしないとダメだな。闇狼は放置ゲーの要《かなめ》。もし冒険者ギルドに魔物として討伐されてしまうようなことがあれば、今後の狩りができなくなってしまう。

しかも、魔術で作った狼だから素材も残らない。魔術で作られた存在だと知られれば、犯人探しが始まる可能性もある。

「その新種の魔物って、こんな感じのやつだった？」

「そうそう。そんな感じの黒い……へ？」

俺は影の中で護衛をしてくれていた闇狼を呼び出すと、エレノアに見せる。

エレノアは闇狼を見て目を大きく開きながら口をパクパクとさせていた。

いい反応だ。リアクション一〇〇点満点だよ。

「な、な、なんでここに……！」

「こいつは俺が作った魔術でな。闇狼っていうんだ。普段からコイツらを森の中に放って狩りをしている。冒険者ギルドにバレると面倒なことになりそうだから、黙っててくれないか？」

「何を言っているのか理解できないわ」

「簡単に言えば、この狼を森の中に放って四六時中狩りをしている。文字通り一日中狩りをしているから、レベルが上がる速度が速いぞ」

「……ジーク、あなたイカレているわ。頭のネジをどこかに置いてきたのかしら。そんな方法でレベルを上げる冒険者なんて聞いたことがないわよ」

エレノアはそう言いながら、理解できない存在を見るかのような目で俺を見る。

よせやい。照れる。

「俺からしたら、なんで誰もこの方法を試さないのか、不思議でならないけどな。簡単にレベルが上がるんだぜ？」

「魔術を維持するのにも魔力はいるし、そもそも魔術を行使できないと無理な手法よ。いったいどんな魔力量をしていたら、こんな方法でレベル上げができるのよ」

「そこそこ？　知らんけど。ま、そんなわけで、黙っておいてくれると嬉しいな。冒険者ギルドにバレると面倒くさそうだし、何より両親にバレたら怒られそうだ。こっそり魔術実験していたこともバレるからね」

「ジークって思っていたよりもやんちゃなのね。いいわよ。助けてもらったんだし、ジークの言う通りにするわ。もちろんゴブリンの村を見つけたことも黙っておくわね」

エレノアはそう言うと、静かに微笑む。

そうか、ゴブリン村のことを話すと、必然と闇狼のことを話す必要が出てくるのか。俺では気付けなかった着眼点だな。さすがは魔術学院首席。頭がいい。

「お、見えてきたぞ。よかった。無事に街に帰ってこれたな」

「改めて、ありがとうジーク。ジークが見つけてくれなかったら、今頃私は死んでいたわ」

「いいってことよ。唯一の友人を失うのは俺も嫌だったしな」

暫く歩くと、街が見えてくる。

エレノアは俺に改めて感謝の言葉を告げると、心の底から嬉しそうに呟いた。

「そう、友達ね……ふふっ」

「何か言ったか？」

「いいえ何も。ただ、街が見えて安心しただけよ」

こうして、森の異変解決と共に俺はエレノアという大事な友人を助け出した。

まぁ、エレノアを最も怖がらせていたのが闇狼だったということには触れないでおこう。もう少し見た目を変えて、可愛くしたほうがいいかな？

第五章　相棒と旅立ち

無事にエレノアを助け出し、街へと帰ってきた俺は両親に烈火の如く叱られた。

エレノアを助け出すために動いたことは褒められたが、単独で動くのはあまりにも無謀すぎる。仲間を助けるために動いた冒険者が帰らぬ人となることなど日常茶飯事であり、俺もその例に漏れず死んだのかと思われていたそうだ。

街では俺とエレノアが帰って来ないことを心配した冒険者たちが森の中を捜索しようと集まってお り、ゼパードのおっちゃんたちが中心となって捜索隊を結成していたらしい。

その中には、かつて街の依頼を受けたときに仲良くなった元冒険者の人たちも集まっており、総勢一二〇名以上の人たちが集まっていた。

仲の良い衛兵の兄ちゃんや姉さんたちも集まっていたときは〝あぁ、これは死んだな〟と思ったものだ。

絶対に多くの大人たちから叱られるよと。

結局、両親がめちゃくちゃ叱っている姿を見て、さすがに反省しただろうということで小言を言われるだけで済んだが。

俺は、自分が思っていたよりもこの街の人々に愛されているんだな。親父とお袋なんて、途中から泣き出して何を言っているのかわからんかったし。

でも怖かったです。正直、泣きたくなるほど怖かった。しかも、なぜか原因を作ったエレノアは小言だけで済んでいたし。解《げ》せぬ。

そんなこんなありつつも無事に事を終えた俺は、この日、ある客を待っていた。

まだかなと思っていると、コンコンと家の扉がノックされる。

「開いてるよ。好きに入って」

「お邪魔するわ。おはようジーク」

俺の声に反応し、家の扉を開けて入ってきたのはエレノアであった。

騒動から三日後、万全な状態に回復したエレノアは心の底から嬉しそうな顔をしながら店の中に入ってくる。

「怪我はもういいのか？」

「自然回復に任せればこの程度問題ないわ。さすがに、一昨日《おととい》までは痛かったけどね」

「後遺症とかは？」

「ないわよ。運がよかったわ」

いつも通りの調子に戻ったエレノア。助けたときは今にも死にそうな姿をしていたというのに、俺の目の前には〝さぁ行きましょう〟と言わんばかりの元気が漲っている。

なぜエレノアが家に来たのかというと、この前約束した近接戦闘を教わるためだ。

ゴブリンに痛い目に遭わされ、近接戦闘の大切さを知ったエレノアは、こうして俺から剣や無手での戦い方を習いに来たのである。

その代わりに、俺はエレノアから魔術を教わる。

とてもウィンウィンな関係だ。

「それじゃ行くか。父さん、母さん、庭を使うね」

「あまりはしゃぎすぎるなよ。お互いに怪我をしない程度にな」

「エレノアちゃん。お昼ご飯を用意しておくから、お腹が空いたら食べに来なさい。もちろん、タダでいいわよ」

「何から何までありがとうございます。シャルルさん」

「いいのよいいのよ。ジークをよろしくね」

エレノアのことを気に入っている両親に送り出されると、俺たちは庭に出て早速、剣を構える。

初心者に鉄剣は危ないので、木剣をエレノアに持たせた。

「とりあえず適当に振ってみてくれ。エレノアにどのくらい才能があるのかを知らないと始まらないしな」

「わかったわ。えい！」

可愛い掛け声とともに、エレノアが剣を振り下ろす。

う、うーん。才能なしだな。

一振りした時点でわかるほどにエレノアに剣の才能はなかったようで、運動神経の悪い人が剣を振ったらこんな感じになるだろうなと感動を覚えてしまうほどである。

腕だけで剣を振っているし、剣の重さに耐えられないのか剣を振っているのではなく剣に振られている。

まるで、剣が意志を持ってエレノアを操っているかのように。

これ、教えて修正できるものなのか？　やばい、教える自信がなくなってきた。

「どうかしら？」

「とりあえず、エレノアに剣の才能がないことはわかった。騎士ごっこをする子どものほうがまだ才能はあるな」

「やっぱり？　何度か剣を振ってみたことはあるのだけれど、薄々思ってはいたのよね」

「いいところを見つけるのが難しいぐらいには悪いところだらけだ。よし、剣は諦めよう。さすがにこれを直せる気がしないし、直しても使い物にならない可能性が高い」

努力は自分を上のステージに押し上げてくれるが、その努力が実るとは限らない。

そして、エレノアの剣は実らない果実であることが明らかであった。

少なくとも、俺の技術ではエレノアを剣士にするのは無理だ。ならば、他の才能を探すほうがいい。

「そしたら何を教えてくれるのかしら」

「普通の格闘術だな。ちょっと俺の手に向かってパンチを打ってみてくれ」

俺は剣を諦めさせると、純粋な格闘術はどうだろうかとエレノアにパンチを打たせてみる。

エレノアは静かに拳を構えると、必要最小限の動きで最大限の威力が出る一撃を繰り出した。

〝パァン！〟と庭に衝撃音が鳴り響き、パンチを受けた手がビリビリと痺れる。

なんて一撃だ。普通に実践で使えるレベルの一撃だぞ。

〝剣の振り方を見てじつは体を動かすのが苦手なのかな？〟とか思ってしまった俺の心配を返せ。

そう言いたくなるほど綺麗な一撃であった。

「どうかしら？」

「今まで魔術に固執していたことがもったいなく感じるほどのいいパンチだった。正直教えることがないから、あとはとにかく実践だろうな。近接戦闘は経験が全てみたいなところもあるし」

「そこは魔術とあまり変わらないのね。格闘術を使うことに適した武器とかあるのかしら？」

そのまま殴ってもそれなりの威力が出ていたが、それでも武器を持っていたほうが威力は上がる。

多分エレノアは自分の体と同じ動きをしてくれる武器でないと使えないだろうから、メリケンサックとかかな？

メリケンサックを握りしめて魔物を殴り殺すエレノア……お伽噺の悪役で出てきそうだな。

というか、この世界にメリケンサックなんていう武器は存在しているのか？　作るにしても金と時間がかかるよな。

どうしたものかと考えていると、下を向いて考えていたエレノアが何かを思いついたようで顔を上げる。

「ジーク、初日から申し訳ないのだけれど、今から鍛冶屋に行って武器を作ってきてもらうわ。魔術媒体にもなるから、完璧よ。明日また来るわ。そのときに魔術を教えてあげる。また明日！」

「お、おう。また明日」

俺は疾風のように消えていくエレノアの背中を見送りながら、とりあえずお袋にエレノアの昼食は必要なくなったことを伝えに行くのであった。

ほんと見ていて飽きない友人だ。俺は愉快で楽しいよ。

◆　◆　◆

翌日、昨日と同じ時間にやって来たエレノアは、ドヤ顔をしながら新調した武器を見せに来た。

うん。確かにエレノアに合ってるだろうし、思い通りに使えるだろうが、なぜにトンファー。

いや、実用性はちゃんとある。過去には、アメリカ警察が警棒代わりに持っていたこともあるのだから。

異世界にトンファーってあるんやな。この街の冒険者の中で使っている人を見たことがないけど。

「私の新しい武器よ。カッコいいわよね？」

「カッコいいけど、使えるのか？　それ」

「問題ないわ。昨日、家の庭で試しに振り回してみたけど、しっかりと動けたわよ。他にも杖やナイフを使ってみたけど、剣ほどは酷くなかった印象ね」

「誰かに動きを確認してもらったのか？」

「いえ、自分の感覚の話よ。私、一人暮らしだし。あ、トンファーだけは鍛冶屋の店主に見てもらったわ。ちゃんとキレのある動きだって褒めてくれたわよ」

へぇ、エレノアは一人暮らしなのか。これは地雷臭がするな。一瞬、エレノアの表情が暗くなった気がするし、親家族の話題は避けたほうがいいかもしれん。

そんなことを思っていると、エレノアが俺の目の前に拳を突き出してくる。

確かにその動きにはしっかりとキレがあった。

昨日も思ったけど、なんでその動きができて剣を振るときはへなへななんだ。いや、別にいいんだけどね。結局のところは戦えればそれでいいし。

「それじゃ、早速戦ってみるか？　俺と模擬戦だ」

「お手柔らかにお願いするわね。私では絶対に勝てないでしょうし」

「少なくとも、病み上がりの人を怪我させることはないよ」

俺はそう言うと、家の壁に立てかけてあった木剣を手に取り静かに構える。

現在のレベルは14。エレノアのレベルは知らないが、少なくともこれよりも高いということはないだろう。

「行くわよ！」

お互いに構え、先に動き出したのはエレノアだ。

素早く接近すると、俺の腹に向かって拳を突き出す。が、あまりにも攻撃が素直すぎる。フェイントを一つもせずに愚直に突っ込んでくるだけの攻撃では、ゴブリンぐらいしか倒せない。

俺は少し体を斜めにしてエレノアの拳を避けると、剣を持っていないほうの手で頭を優しくポンと叩く。

「真っすぐすぎる。特に視線が攻撃したい場所に向きすぎていて、どこに殴りかかってくるのかまるわかりだぞ。もっと全体を見るんだ」

「視線ね。わかったわ。次はそこを意識してみることにするわよ」

エレノアはそう言うと、俺から距離を取って再度接近。今度は言われた通り、しっかりと攻撃したい場所ではなく全体を見ていた。

言われてすぐに修正できるあたり、エレノアはかなり優秀だな。しかも、ちゃんとさっき同じようにパンチを放てている。

一つを修正すると、さっきまでできていたことができなくなるなんてこともよくあるのだが、エレノアにその理屈は当てはまらないようだ。

俺は放たれた拳を同じように避けると、エレノアの頭の上に手をのせようとする。

しかし、エレノアもやられっぱなしではない。攻撃が外れると同時に体の向きを変え、そのまま俺にさきほど殴った拳とは逆の拳を振りかざしてきた。

呑み込みが早すぎる。なぜ、これほどまでに動けるのに魔術にこだわっていたのやら。

俺は二撃目を剣の腹で受けると、拳を受け流してエレノアの頭にチョップを喰らわせる。

この調子なら、あっという間に実践で使えるレベルに到達できるだろう。エレノアは格闘術の才能があるのかもしれない。

「いい攻撃だ。が、まだまだ動きが素直すぎるな。今度は攻撃にもフェイントを入れてみるといい。それができれば、あとは経験を積み重ねて身体で覚えるだけだ」

「わかったわ。せめて一発だけでもジークに攻撃を当ててやるわよ」

「その意気だ」

それから十数分後。フルスロットルで動き続けたエレノアはガス欠を起こして、庭に座り込んでいた。

中々にいい動きだったが、さすがに昨日今日で格闘術を学び始めた相手に負けるわけもない。

長時間戦えるように、体力管理も考えないとね。

「はぁはぁ、全然当たらないわ。惜しいという攻撃すら出せなかったわよ」

「そりゃ、俺は父さんに嫌というほど訓練させられたし、初心者のエレノアには負けられないよ。もう半年したらわからないかもしれないけど」

「がんばるわ。さすがに疲れたし、少し休憩させてちょうだい。休憩中に魔術のことを教えてあげるわよ」

「本当か!?　待ってろ、飲み物を取ってくる！」

エレノアが魔術を教えてくれると言うので、俺は急いで飲み物を取ってくるとエレノアから魔術について教わる。

といっても、基礎はしっかりとできているらしいので、俺の知らない魔術を教わるぐらいだ。

かなりありがたいけどな。魔術師にとって魔術は自分の強さを表す術である。そして、行使できる魔術を知られるということは、自分の弱点を相手に見せてしまっているのだ。

それができるということは、エレノアは俺のことをかなり信頼してくれているのであろう。自分の知る全ての魔術を教えてくれるなんて、よほどの信頼関係がないとできない。

「ジークは、どの属性魔術が行使できるのかしら？」

「基本となる属性は全部使えるぞ。炎、水、風、土、白、黒。その全てが使える。得意なのは白魔術と黒魔術だ」

「やっぱりおかしいわね。白魔術と黒魔術を両方使えるなんて。一般的にはどちらか一方しか使えないのよ？」

「街に戻るときにも話していたな。魔術基礎の本には載ってなかったから、知らなかったよ」

「ま、あくまでも一般常識というだけであって、何事にも例外は存在するわ。とりあえずジークの得意とする黒魔術から教えましょうか」

エレノアはそう言うと、地面に魔法陣をスラスラと書いていく。その書き方だけで、エレノアが今までどれほど魔術をがんばって勉強してきたのかわかった。

明らかに描き慣れているし、迷いがない。

「この魔術は知っているかしら？」

「いや、初めて見る魔術だな」

「第二級黒魔術暗闇《ダーク》。攻撃手段としては使えないけど、相手の視界を封じられる魔術よ」

「へぇ、戦闘中に使われたら結構厄介そうだな」

「あまり使う人は少ないと聞くけどね。こんなもの使うぐらいなら、攻撃魔術を撃ったほうがいいと考える人のほうが多いし」

「魔術師も意外と脳筋なんだな」

「そんなもんよ。魔術師なんて大抵のことは魔術で解決できると思っているし、実際大体のことは解決できてしまうわ」

確かに魔術は便利だよな。魔力さえあれば水を生み出せたり、自分の身を守れたりする。

魔術という概念を生み出したとされる大賢者マーリンは、何を思って魔術を作ったのだろう。

人々の生活が豊かになるように、魔物という脅威から人々を守るための手段として作ったのか。それとも、自国が戦争で勝つために作ったのか。

そんな理由を探しに行ってみてもいいかもな。もちろん、一番の目的は放置ゲーだが。

俺はそのあともエレノアの体力が戻るまで魔術を教えてもらい、エレノアの体力が戻ったら模擬戦をするのであった。

◆

◆

◆

エレノアから魔術を教わり、俺はエレノアに格闘術を教える日が続いた。

冒険者として仕事をするのは楽しいが、こういう日々も悪くない。今までは顔を合わせれば話す程度だったが、事件を経てさらに仲良くなれたのはよかったと思ってる。

話も合うし、こうしていると楽しいんだよな。

「初めて会ったとき以来か？　エレノアとこの森の中を歩くのは」

「そうね。私がジークのことを魔術師だと思ってなくて色々と言い合った日以来ね。あの日、ジークに出会わなかったら今頃死んでいたかもしれないわ」

「なんやかんや知り合っていそうではあるけどな。ほら、家へご飯食べに来たりして」

「ふふっ、確かにそうね。あの店には絶対行っていたでしょうし、そこでジークと出会っていた世界線もあったかもしれないわ」

エレノアがトンファーをメイン武器にしてから二週間後、それなりに近接戦闘ができるようになったエレノアを連れて俺は森の中を歩いていた。

練習が上手くいったのであれば、次は実践。今のエレノアならば負けることはないゴブリンを探しに、この森にやって来たのである。

俺も、新しく覚えた魔術を魔物相手に試してみたいしな。

「それにしても、ジークのレベルがそこまで高かったとは驚きだわ。つくづく規格外なのね」

「レベルは正直努力すればなんとでもなるよ。俺としてはエレノアのほうがすごいと思うけどね。たった二週間で実践レベルの格闘術を身に付けたんだから」

「ジークの教え方が上手だっただけよ。きちんと理由を述べて、理論的に教えてくれるからわかりやすかったわ。天才肌の人だとグッとやってボーンと教えてくる人とかいるものね」

野球監督かな?

そんな擬音語だけの教え方で格闘術が身に付いたら誰も苦労しないよ。

「そんな教え方をする人がいたのか？」

「魔術学院に一人いたわ。どうして教員をやれているのかわからないぐらい、人に教えるのが下手だったわね」

魔術学院に行かなくてよかったかもしれん。そんな教師の下で魔術がものになるとは思えないしな。

その点、エレノアの魔術講座はわかりやすかった。俺がわからないことを聞けば理論的に教えてくれたし、何より自分自身がわからないことは〝わからない〟とキッパリ言ってくれることだ。

適当なことを言われるよりも断然マシだろう。俺は、こういうしっかりとしたエレノアの性格を気に入っている。

そういえば、エレノアを助けたその日から態度が柔らかくなったな。随分と笑うようになったし、表情を表に出すことが増えた気がする。

そんなことを思いながら歩いていると、少し先にゴブリンの群れが現れる。

さて、この二週間の成果を出すとしますか。

「いたわね。私が突っ込むから、ジークは魔術で援護をお願いしてもいいかしら？」

「任せろ。せっかくだし暗闇の魔術を使ってみるか。視界は奪うから、あとは上手く合わせてくれ」

「わかったわ。準備ができたら――」

「いけるぞ」

「ふふっ、相変わらずすさまじい魔力操作だわ。それじゃ、行くわよ！」

エレノアが草木を掻き分けて、ゴブリンの群れに突っ込んでいく。

俺はエレノアの動きに合わせて魔術を行使すると、ゴブリンの視界を奪った。

この魔術、いきなり視界が真っ暗闇になるから怖いよな。一応、対抗手段として魔力で目を覆えばある程度は防げるらしい。

知能の低いゴブリンには無理だけど。

「フッ！」

エレノアはゴブリンの懐に入ると、トンファーで腹を思いっきり殴りつける。そして、すぐさま隣のゴブリンに標的を変えると、トンファーの長いほうを振り回してゴブリンのこめかみを的確に打ち抜いた。

「あと、三体」

エレノアは腕を振った勢いをそのままに、クルッと一回転すると回し蹴りを放つ。綺麗な蹴りだ。しかも、しっかりとゴブリンの急所を捉えている。

エレノアの快進撃は止まらない。

三体のゴブリンを一撃で処したエレノアは、トンファーの先端に魔法陣を描くとゴブリンを殴る瞬間に行使。トンファーの一撃と魔術の一撃が同時にゴブリンを襲い、ゴブリンは丸焦げになりながら吹っ飛んだ。

と、ここで残ったゴブリンががむしゃらに棍棒を振り回し始める。このままだとエレノアに当たりそうなので、援護してやるとしよう。

「貫け」

俺は無詠唱の第三級水魔術、水槍《アクアランス》を行使。明らかなオーバーキルだが、魔術練習になるからいいか。

この魔術は、その名の通り水によって生成された槍を打ちだす魔術だ。様々な属性の槍シリーズもある人気魔術らしいのだが、魔術基礎の本には載ってなかったんだよな。

おい著者。人気魔術ぐらい載せておいてくれ。

水の槍はゴブリンの胸を貫き、あっという間に即死させる。それどころか、やはり火力が高すぎてゴブリンの上半身を吹き飛ばしていた。

あ、魔石も砕いちゃった。

「ありがとうジーク。こうして戦っていると、パーティーを組んでいるみたいね」

「お互いが助け合って魔物と戦う。悪くないかもな。一人で狩りをするより効率は悪いけど、楽しい。無言で狩りをするのって意外と寂しいもんな」

「わかるわ。冒険者がパーティーを組む理由の一つなんでしょうね」

「……なぁ、エレノアさえよければ、俺たちでパーティーを組まないか？　俺の旅についてきてもらうことになるだろうけどさ」

俺の提案に、エレノアは目を見開く。

そんなに意外だったか？　俺は効率も大事だが虚無を楽しむ趣味はないんだぞ。

レベル上げが大変なMMORPGをやったことがある人ならわかるだろうが、時には効率よりも楽しさを優先するときだってあるのだ。特に、ソロでレベリングをするとかなりの苦行となるMMORPGなどは、誰かと一緒に狩りをしたほうが精神的にも安定する。

それに、旅をするなら話し相手の一人ぐらいは欲しいしな。一人で冒険者をしてみて感じたが、独りぼっちは結構寂しい。

魔術の研究をしていたときは、両親がすぐ下にいたから気付かなかった盲点だ。

あと、エレノアが危機に陥ったときに思ったが、基本的にこの世界は一人での行動が危ない。街の中ならともかく、街の外に一人でいると何かあったときに助けすら呼べないのだ。

リスク管理的にも、一緒に旅をする仲間は欲しかった。エレノアなら気も合うし、信頼もできる。裏切られることもないだろう。俺に愛想を尽かして見捨てられる可能性はあるけど。

「いいのかしら？　私と一緒に旅をするということは、貰えるお金もレベルの上がる速度も遅くなるのよ？」

「いいよ。お金はがんばればいいだけだし、レベルに関しては放置狩りさせてるし。俺も何かあったときに背中を預けられる相棒が欲しいんだよ」

「私でいいの？　ゴブリンに奇襲を受けて痛い目を見たダメな冒険者よ？　足手まといになるかもしれないわ」

「大丈夫。次の街に着くまでにレベル15まで上げさせるから。というか、今のレベルは？」

「6よ。そういうジークは？」

「14だ」

「じゅ……！」

俺のレベルを聞いて驚くエレノア。フフフ。俺は七歳のときからコツコツとレベルを上げているからな！　しかも、寝ているときですらレベル上げをしているのである。

放置ゲー最高！　今こうしている間にも、俺はレベルを上げているのさ！

「で、どうする？　嫌なら断ってくれて構わないよ。元々は一人で旅をするつもりだったしね」

「愚問ね。私が断るとでも？　ジークには返しきれない恩もあるし、ジークさえよければついていくわ。必ず、ジークの背中を守る相棒になってあげるわよ。今はまだ弱かったとしてもね」

エレノアはそう言うと、綺麗な笑顔を浮かべる。いいね、俺とエレノアの新人パーティー結成だ。

これで旅も楽しくなる。

俺はニッと笑って拳を突き出す。

「これからよろしく。相棒」

「えぇ。こちらこそよろしくお願いするわ。相棒」

エレノアはそう言うと、俺と拳をコツンと合わせる。

こうして、小さな国の小さな街に新たなパーティーが結成された。パーティー名なんてない。ただ、お互いの背中を守り、笑い合うだけの相棒なのだから。

◆　◆　◆

エレノアとパーティーを組んでから一ヶ月後。俺とエレノアはお互いのことをより深く理解するために、毎日森の中に入っては魔物と戦っていた。

旅にはお金も必要なので薬草採取なども欠かさないが、メインは魔物との戦闘である。

「フッ！」

「穿て」

「グルゥ！」

灰色の毛皮を持つ中級下魔物グレイウルフの群れに突っ込むエレノアと、それをサポートする形で魔術を放つ俺。

この一ヶ月で俺とエレノアの連携はかなりのものとなり、お互いに言葉すら不要で魔物の群れと戦えるようになっていた。

牙を剥いて迫り来るグレイウルフに対して、脳天に拳を振り下ろすエレノア。グレイウルフの群れはエレノアを噛み砕こうとするが、俺の魔術がそれを許すはずもない。

放たれた闇弾《ダークバレット》が、的確にグレイウルフの頭を撃ち抜くと体勢が崩れたグレイウルフに向かってエレノアがトンファーを振り回す。

〝ドゴッ！　ベキッ！〟と、グレイウルフの骨をへし折る音と共にグレイウルフの群れは吹っ飛び、死に絶えた。

「随分と様になったんじゃないかしら？　いい連携だったわよね？」

「そうだな。お互いが魔物を見つけた瞬間、臨戦態勢に入って言葉も交わさず即座に連携へ入る。悪くないと思うよ」

「ふふっ、ようやくこの戦い方にも慣れてきたわ。こうして、誰かが後ろを守ってくれるのも悪くないわね」

「だな」

エレノアはそう言うと、トンファーをクルクルと回してから腰元に納める。

エレノアとパーティーを組んでから、俺の狩りはかなり安定性が取れるようになった。魔物の素材を剥ぎ取るときとかは、魔術に護衛を任せていたので少し不安だったんだよね。

何せ、闇狼《ダークウルフ》たちは気配探知などには優れていなくて、視界の悪い森の中だとかなり接近されなければ気付けない。

安全だとはわかっているのだが、やはり近くまで接近されるのは心臓に悪い。ガラスのようなメンタルの俺は、ガタガタ震えながら薬草採取や素材剥ぎ取りをしなければならないのだ。コワイヨー。

「監視はしておくわ。剥ぎ取りは任せてもいいかしら？」

「背中は頼んだよ」

俺はエレノアに背中を預けると、グレイウルフの毛皮や牙を剥ぎ取っていく。

グレイウルフは結構な金になるから、群れを狩れると美味いな。この調子なら旅の資金もかなり集まりそうだ。

ウキウキでグレイウルフの素材を剥ぎ取っていると、エレノアがトンファーを取り出す。

血の匂いに釣られてやってきたのか。本当にゴブリンはどこにでも湧くな。

「ジークはそのまま剥ぎ取りを続けていていいわよ。このゴブリンたちは私が始末するわ」

「わかった」

俺はグレイウルフの死体から目を戻し、剥ぎ取り作業を再開すると戦闘音が森の中に響き渡る。

ホブゴブリンが見えたが、今のエレノアの敵ではない。数十秒もすればあっという間に戦闘音がやみ、血の匂いが濃くなる。

背中を任せられる相棒とは心強いな。こうして安心して素材を剥ぎ取れる。

「終わったわよ。私も剥ぎ取りを手伝うかしら？」

「いや、監視していてくれ。すぐに終わらせるから」

「了解よ。そういえばジーク。全然関係のない話なのだけれど、旅にはいつ出るのかしら？　大体の日にちを決めてくれるとありがたいのだけれど」

「銅級冒険者になってから二週間後とかかな。少なくとも銅級になるまでは、この街でド積みだ。冒険者の基準として、銅級冒険者からようやく一人前みたいなところがあるしな」

「鉄級冒険者は見習いと言われるのもね。わかったわ。ところで、最初に目指す場所はどこになるのかしら？」

「この国のダンジョン都市にして、冒険者の街レルベンに行こうかと思っているよ。歩いて大体三〜四ヶ月ってところか？　途中で色々な街へ寄ることになりそうだな」

この世界で行っている放置ゲーの問題点、経験値効率。

それを解消するために、魔物が無限湧きすると言われているダンジョンがある街へと向かうのが次の目標だ。

放置ゲーも狩場の効率が悪くなったら、次のステージに行くのが鉄則。この世界でもそれは変わらない。

移動時間とか考えると、ゲームより圧倒的に不便なのだがそれは仕方がない。ここはゲームの世界ではなく現実なのだ。

このぐらいの不便は受け入れないとな。

「ダンジョン都市レルベン。確かにあそこならレベル上げの魔物に困らないでしょうね。聞いた話だと、相当な数の冒険者がいるらしいわよ」

「よそ者の鉄級冒険者が来たらカモられるわけだ。最低、銅級以上の階級は持っておかないとな」

「ジークの場合、詐欺だけどね……どこの世界にレベル16の鉄級冒険者がいると言うのよ」

「ここにいるぞ？」

「そういう意味で言ったわけではないわ」

エレノアはそう言うと、呆れた顔で俺を見る。

この一ヶ月で俺はさらにレベルを上げてレベル16になっていた。ついに親父とお袋のレベルを超え、ベテラン冒険者以上の力を身に付けたのである。

親の背中を超えるのが子どもの仕事。俺はしっかりと仕事をこなすことができただろうか。

ちなみに、エレノアもレベルが2上がってる。昼間はエレノアのレベルをメインで上げさせるために、闇狼に魔物を見つけたら案内するように頼んでいた。

できる限り、エレノア一人で狩りをさせて経験値が分散しないようにしているしな。

もちろん、安全には細心の注意を払って。

「レベルだけで言えば銀級冒険者以上に当たるんだし、そろそろ昇格してもおかしくないわね。旅の準備をしておかないといけないわ」

「一緒に買い物でも行くか？　俺も準備は必要だしな」

「あら、なら一緒に行きましょう。何気にこうしてジークと冒険者としてのアレコレを一緒に買いに行くのは、初めてかもしれないわ」

「確かにそうだな。一緒に買い物へ行くときは基本、食べ物を買いに行くときぐらいだし」

「ふふっ、楽しみだわ。路銀のこともあるから、あまり使いすぎてはダメよ？」

「俺よりもエレノアのほうが心配だけどな。その言葉、そっくりそのまま返すよ」

そんなことを話しつつ、俺は解体を終えてなんちゃってマジックバッグに素材を入れていく。

このバッグは、なんちゃってマジッグポーチの入り口を大きくしたバージョンだ。ポーチはエレノアを助けるために魔力の供給を止めて壊れてしまったので、新しく作り直したのである。

ほんと便利だよ、これ。

「いつ見ても思うけど、とんでもない魔術の使い方ね。思いつくのがまずすごいし、思いついても実現できる魔力を確保できないわ」

「魔力さえ確保できれば、誰でも簡単に作れそうなものなのにな」

「まず黒魔術の才能がいるわよ。しかも第三級魔術が使えるだけの才能と努力が必要よ」

「俺、レベルが1のときから使えたぞ？」

「ジークは才能がずば抜けていたのよ。もちろん、その才能を十全に生かすだけの努力もしてね。才能に溺れる愚者ではなかったのよ」

エレノアはこういうとき、素直に人の努力を認めてくれるから心地がいいな。

努力が実った瞬間や認められた瞬間は嬉しいものだ。

「ありがとう。素直にその称賛は受け取っておくよ。さて、次の獲物を狩りに行こうぜ。エレノアにも早くレベルを上げてもらって、もっと頼もしい相棒になってもらわないとな」

「精進《しょうじん》するわ」

エレノアはそう言うと、癖なのかトンファーをクルクルと回しながらそう言うのであった。

◆　◆　◆

森での狩りは終わらない。

俺とエレノアは素材を回収すると、さらに森の深くへと進んでいく。

この街を旅立つ前に、倒しておきたい魔物がいるのだ。普段は、安全マージンをしっかりと取る狩りをしているから出会うことはないが、もうすぐ街を出るとなればその狩場のボス格を倒したい。

どんなゲームでもそうだよね。ボスを倒してから次の狩場が解放される。そして、次の狩場の敵は大抵ボスより弱い。

「シルバーウルフ。さっき倒したグレイウルフの上位互換ともいえる魔物ね。私のレベルだと間違いなく死ぬわよ？」

「安心しろエレノア。そんな真似はさせないし、ちゃんと安全には細心の注意を払ってるから。手伝ってもらうつもりだけど、怪我はさせないよ」

「信じているわよ。ジーク。とはいっても、ジークに生かされた命だから、死んでも文句は言わないけどね」

いや、それは文句を言ってくれ。

新手《あらて》のジョークか？　死人は口を開かないから文句を言えない的な。

「自分の命を最優先してくれよ。俺を庇って死ぬとか勘弁だからな」

「ふふっ、ジークが言うと説得力に欠けるわよ。自分の安全を放り投げて私を助けに来たんだから。本当に感謝しているわ」

エレノアはそう言うと、静かに笑う。

出会った頃の凛とした雰囲気はどこへやら。今となっては、よく笑う年相応の少女だ。

それでも〝効率効率〟と言うんだけどね。雰囲気が変わったからといって、考え方が劇的に変わるわけではない。

そんな何気ない会話をしながら森の中を進んでいくと、ついにお目当ての魔物を発見する。

白銀に輝く白い毛皮と空のように青く澄んだ目。伝説の魔物と言われるフェンリルと類似した魔物、中級魔物シルバーウルフが姿を現した。

「いたわね。あれがシルバーウルフ……周囲をしっかりと確認してから挑みましょう」

「そうだな。横槍を入れられて戦えるほど楽な相手じゃない」

この森のボスとして君臨するシルバーウルフは、ゼパードのおっちゃんたちですら滅多に狩ることはないほどに強い。銀級冒険者パーティーが苦戦するほどに、この魔物は強いのだ。

特に注意しなければならないのが、魔術である。

シルバーウルフは風魔術を操り、不可視の攻撃をしてくると言われている。

魔術が放たれる前に魔法陣が形成されるため、予備動作をしっかりと見極めれば避けるのは簡単だ。

まぁ、それができたら苦労しないんですけどね。

エレノアが探知魔術を使い、周囲の安全確認を済ませる。

近くに魔物がいた場合は先に排除しなければならなかったが、どうやらその必要はないみたいだ。

「行くぞ。俺がやつを引き付けるから、エレノアは機会をうかがって隙を突け。その拳と魔術なら不意打ちでダメージを与えられるはずだ」

「わかったわ。ジークも気を付けて」

俺とエレノアは互いの健闘を祈るかのように拳をコツンと合わせると、行動を開始する。

わざわざ闇狼たちを回収して、ここに集めたんだ。孤高の狼に数の暴力というものを教えてやるよ。

「グルルルル……」

「ッチ、風向きが変わって臭いを嗅がれたか。でも、エレノアはバレてなさそうだな。行ってこい。お前たち」

風の向きが変わり、俺の匂いを感知したシルバーウルフがこちらを睨む。

できれば最初は奇襲したかったが、バレてしまったのなら仕方がない。このまま戦闘を開始させてもらおう。

俺は影の中から闇狼たちを出し、シルバーウルフに攻撃を開始。

対するシルバーウルフは早速魔法陣を形成し、魔術による迎撃を試みた。

「グルゥ！」

闇狼たちに向かって魔術を放つシルバーウルフ。魔力を伴った攻撃は闇狼たちの弱点のため、あっと言う間に風の斬撃によって切り刻まれる。

さすがは中級魔物。当たり前のようにこちらの攻撃に対しての回答を持っていやがる。

「俺の手札と勝負するか？」

俺はそう言うと、減った闇狼を補充しつつ第二級魔術を連発。

威力だけなら第四級魔術を行使したほうが強いが、第四級魔術は魔法陣が複雑すぎて若干のタイムラグが生じてしまう。

わずかな攻撃の隙間を縫って接近されるのが負け筋なので、ここは弾幕を張って牽制に徹した。

攻撃に使える全属性の魔術を浴びせ、とにかく攻撃を当てることだけを考えるのだ。

どうせ相手は痺れを切らせて飛び込んでくる。それを俺は待つだけでいい。

「グルァァァァァ！」

「ほら来た」

暫く逃げ回りながら攻撃を続けていると、このうざったい攻撃に痺れを切らせたシルバーウルフが脇目も振らずに突進してくる。

つーか、さっきから闇狼に噛まれたりモロに第二級魔術を喰らっているはずなのに、ほとんど無傷なんだけど。

魔術耐性が高いのかな？

俺はそんなことを思いながら、剣を引き抜くと振りかざしてきたシルバーウルフの前脚を受け止めた。

ガキン！　と、鉄と爪がぶつかり合う音が響き渡る。

重い。わかってはいたが、中級魔物の一撃はしっかり防御しないと死ねるな。もしくは避けるか。

「いいのか？　俺ばかり見てると、狼がお前を喰らうぞ」

術者を殺せば魔術の効果は切れる。それは間違ってないし、シルバーウルフもそう判断したのだろう。しかし、術者を殺しきれなかったそのとき、大きな隙を晒《さら》すことになる。

なぎ倒された闇狼たちが足を止めたシルバーウルフに襲いかかり、ついにその純白の毛を赤く染める。

「グルッ！」

盾を破られたシルバーウルフは痛みに顔を歪め、体を大きく捻った。

チャンスだ。ここを逃すと、痛みに怒り狂ったシルバーウルフを相手にしなくてはいけなくなる。

俺は即座に第四級炎魔術〝煉獄球《フレイム》〟を行使。

左手で剣を支え、右手に燃え盛る炎の球を生み出し、全力でシルバーウルフの開いた腹に打ち込んだ。

この魔術はクソ熱い煉獄の炎を手の中に生み出し、相手に叩き付ける魔術。

シンプルが故《ゆえ》に強力で、俺の持つ魔術の中での随一の火力を誇る。

問題点として、この魔術は相手に近づかないといけないんだけどな。普通に飛ばせよ。

「グギャァァァァ！」

「煉獄の炎の味はどうだ？　美味いだろ」

腹を思いっきり炎に焼かれ、熱さと痛みに悲鳴を上げるシルバーウルフ。

肉の焦げた匂いがする。これで勝ちだと思い、俺はわずかに油断してしまった。

最後の力を振り絞り、シルバーウルフは前脚で道連れを狙ったのである。

「やべっ」

ほんの一瞬、反応が遅れる。この攻撃で致命傷を負うことはないだろうが、少なくともそこそこ痛い怪我を負うことになってしまう。

俺が覚悟を決めたその瞬間、シルバーウルフの体が大きく吹っ飛んだ。

ワォ。視界から一瞬で消えたぞ。

「ジーク、相手がちゃんと死ぬまで油断してはダメよ。ゴブリン相手に死にかけた私が言うんだから間違いないわ」

「ハハッ……ナイスエレノア。助かったよ」

ギリギリまで姿を隠し、機会をうかがっていたエレノアがどうやら俺を助けてくれたようだ。

一つ借りができてしまったな。

そして、仲間がいる安心感もさらに理解できた。こういうとき、ソロだと助けてくれる人はいない。

パーティーを組む、一番のメリットと言えるだろう。

「それにしてもすごいわね。詰めが甘かったとはいえ、一人で中級魔物を圧倒するだなんて」

「エレノアがいなかったら怪我をしていたけどな。圧倒していたとは言えないさ」

「そう？　私から見たら一方的な戦いだったと思うけど」

「相手に反撃のチャンスを与えている時点で、一方的とは言えないよ。一方的な戦いなら、そもそも魔術一つで終わってる」

「厳しい判定ね」

俺としては、そのレベルでシルバーウルフを吹っ飛ばせるパンチ力に驚きだけどな。

エレノアに吹き飛ばされたシルバーウルフ、木にぶつかってピクピク痙攣してんだけど。

どうなってんの、その拳。レベル一桁が出せる威力じゃないでしょ。

「ともかく、シルバーウルフ、討伐完了ね。お疲れ様ジーク」

「エレノアもお疲れ様。素材を回収して帰ろうか」

こうして俺とエレノアは、この森のボスともいえるシルバーウルフの討伐に成功した。

尚、その日の依頼報告で俺たちは銅級冒険者に昇格した。コツコツと実績を積み重ねたおかげで、新人の中ではかなり早い昇格だったらしい。

銅級冒険者に上がる際は試験がないのは楽でいいな。

エレノアもソロのときに相当がんばったのか、まさかの同時昇格。これを両親に伝えたところ、半泣きしながら大喜びだったのは言うまでもない。

その日の夕食は、豪華なものとなった。エレノアも美味しそうに食べていたし、両親も嬉しそうに俺たちを眺めていたよ。

◆　◆　◆

銅級冒険者に昇格してから四日後。俺はエレノアと家で朝食をとっていた。

エレノアとパーティーを組んでから、エレノアを可愛がっていたお袋が大暴走。とにかく可愛がりたいのか〝ご飯を食べていきなさい！　もちろん、タダでいいわよ！〟と言って、無理やりエレノアを家に連れてくるのである。

エレノアには嫌なら断っていいよと伝えたが、エレノアもこの状況を楽しんでいたのか〝本当のお母様みたいで温かい〟と言うので、こうして隣に座って朝食をとっているのだ。

「やっぱりジークはおかしいわ。なんであれだけ魔力消費が激しい魔術を維持しながら、当たり前のように他の魔術を行使できるのよ」

「才能のおかげだな。小さい頃から魔力鍛錬は積んでいたし、伸びが良かったんだろ」

「それを考慮しても異常と言っているのだけれどね？」

エレノアはそう言いながらも、料理を食べる手を止めない。

そう言われても、できてしまうのだから仕方がない。文句を言いたいのであれば、この才能を授けてくれた偉大なる両親に言ってくれ。

ほんと、親には感謝しかないよ。この街を出ていくまであと一週間ちょっと。できる限りの恩返しはしたいものだ。

「路銀もかなり貯まったし、旅に必要な物も買い揃えた。あとは、レルベンまでの道の確認とレベル上げだな」

「そうね。特にレベルに関してはがんばらないといけないわ。ジークに追いつくのは無理だとしても、食らいつけるようにならないと。じゃないと、置いていかれてしまうものね」

「焦りすぎるなよ。ゆっくりでいいから、安全は確保するんだ」

「もちろん。この傷で得た教訓をそう簡単に忘れることはないわ」

エレノアは額にできた傷跡を触ると、静かに決意を固める。

いい顔だ。俺も油断したりしないように気を付けないとな。明日は我が身。俺もいつの日か、エレノアのように油断して奇襲を喰らってしまう日が来るかもしれない。

できる限り気を付けていても、冒険を続ける限りは危険な目にも遭う。そのときに生き残れるだけの力を身に付けておくのだ。

「馬車は使うのかしら？」

「いや、さすがに無理だな。乗り合いの馬車は使うかもしれんが、自分たちで馬車を持つのは論外だ。目立つし、置き場所に困る。馬の世話にも金がかかるから、一介の冒険者には厳しいな」

「そう。まぁ、魔術を使えば馬は必要ないかもしれないけどね」

「だとしても、持たないほうがいいだろうな。下手に目を付けられると面倒事が舞い込んでくるぞ」

俺とエレノアは傍から見ればまだまだ子ども。俺は事実一二歳で子どもだし、成人しているとはいえどエレノアもその見た目はまだ子どもである。

そんな子どもが馬車を持っていたら？

まず間違いなくいいカモだと思われて、絡んでくる馬鹿が出てくる。

権力も財力も圧倒的な暴力も持たない俺たちには、まだその領域は早すぎた。

こうしてエレノアと話しながら朝食を食べ終えると、店で仕込みをしていた親父が話しかけてくる。

「ジーク、少し庭に出よう。すまんがエレノア。ジークを少し借りるぞ」

「ん？　わかった」

「わかりました。というか、ついていっても？」

「問題ない」

ここ数日、正確には俺が銅級冒険者に昇格してから、親父は何か思い詰めるような表情をよくしていた。

今の声も普段より硬く、どこか落ち着きがない。

お袋に視線を向ければ、お袋も少し緊張した面持《おもも》ちで俺を見ていた。

何かあるなと思いつつ親父のあとをついていくと、親父は木剣を俺に向かって放り投げて剣を構える。

あぁ、なんとなくわかったぞ。

「ジーク。あと一週間と少しでこの街を出ていくんだろ？」

「うん。そのつもりだよ」

「俺もシャルルもその行動を止める権利はない。お前は俺たちの子どもだが、俺たちに縛られる存在ではないからな。だが、この先冒険者として無事にやっていけるかどうか。その強さを父さんたちに見せてくれ。本気で来い。使える全てを使って、父さんと母さんを安心させてくれ」

〝本気で来い〟ね。

親父の言い方からして、俺が剣を教わるときに手を抜いてレベルを隠していたことがバレているかもしれない。

今思えば、親父は稽古をする際、一度も〝本気〟という言葉を使っていなかった気がする。

冒険者の基礎を教えるときはちょくちょく使っていたが。

「本気で、全力でやっていいんだね？」

「あぁ、むしろ手を抜いたら怒るぞ？　シャルルと一緒に二時間説教だ」

ワーオ。それは本気でやらないとダメなやつだ。

お袋の説教は怖いんだよ。怒鳴るのではなく、淡々と問い詰めてくる叱り方は背筋が凍る。

すごいよね。目にハイライトがないんだもの。

俺は持てる力の全てを出さないと長い長いお説教タイムが待っていると知り、放置狩りさせていた闇狼たちへの魔力供給を全て解除。

親父には悪いが、この勝負は一瞬で終わらせてしまうとしよう。

これが、俺なりの親孝行だ。

「父さん、死ぬ気で守ってね」

「そういうのは一度でも俺に勝ってから言うべきだぞ。シャルル、開始の合図を」

「はいはい。全く、男ってこういうとき本当に馬鹿になるわよね。それじゃ、始め」

若干呆れつつも試合開始の合図を告げたお袋の声と同時に、親父は俺に肉薄してくる。

その動きは今までに見たことがないほど素早く、それでいて鋭かった。

元ベテラン冒険者の本気。レベル15の剣士の本気がそこにある。

だがしかし、俺はレベル16になっており、親父の速さにしっかりと対応した。

縦に振り下ろされる剣を正確に横へ弾くと、距離を取って即座に魔術行使の準備に入る。

「速いね。父さん」

「……やっぱりレベルを隠していたな？　昔から隠し事が好きな子だとは思っていたが」

「冒険者になるときに言ってたじゃん。レベルは人に教えるなって」

「それを教える前から隠していただろう!?」

親父はそう言いつつ、俺が魔術を行使しそうだと感じ取って強引に距離を詰めてきた。

バレてたか。レベルを隠していたことも、かなり前からレベル上げしていたのも。

両親にはレベル6と言っていたが、あっさりを見破られていたらしい。

親の洞察力の鋭さというのは、我が子に対しては絶対的なのだ。たまに間違った方向へ暴走するときもあるが。

俺は親父の剣を受け止めつつ、ニヤリと笑う。

「いつから気付いていたの？」

「五年ぐらい前か？　まだレベル1のはずのジークが、明らかに俺の剣を見切れるようになってた頃からだ。あのときは半信半疑だったが、二年前には確信していたよ」

「そうなんだ。それじゃ、どうやってレベルを上げたのか見せてあげるね――――来い、お前たち」

わりと最初からバレていたことに驚きつつも、俺は準備した魔術を行使。この魔術を知っているエレノアは〝使っちゃうんだ〟と呟き、この魔術を知らない両親は目を見開く。

何十もの魔法陣が展開され、そこから現れたのは可愛い可愛い漆黒の狼たち。

漆黒に包まれた狩人《かりゅうど》は、即座に親父へ襲いかかった。

「なんだコイツら!?」

「闇狼。闇人形を改良して作った、闇の狼だよ。こいつらをこっそり森の中に放って、この街にいるときも狩りをしていたんだ」

「なるほど。それでレベルが上がっていたのね。というかジーク、あなた第四級魔術も使えたの？」

「使えるよ。母さんの持っていた魔術基礎の本に載っていた魔術は全て使えるよ」

「……白魔術も？」

「使えるよ」

狼たちと戯《たわむ》れる親父そっちのけで、俺はお袋と話し始める。

闇狼に物理攻撃は通じない。最低限の魔力を纏わせた攻撃ができない限り、闇狼にはダメージを与えられないのだ。魔力操作が苦手な親父ではどうしようもない。

「ちょ、待って！　こいつら全然攻撃が効かないんだけど！」

「闇狼、父さんを怪我させないぐらいで遊んであげて」

「ジーク、白魔術が使えることは黙っておきなさい。黒魔術はともかく、白魔術が使えるとなると教会から面倒な勧誘が来るわ」

「わかってるよ。人前では使わないさ。よっぽどのことがない限りね」

「そう。ならいいわ。それより、デッセンが大変なことになっているわよ？」

「あ」

「ちょ、顔を舐めるな！　くすぐったいぞ！　アハハハハ！」

そのあと、闇狼たちに揉みくちゃにされながら笑う親父を救出して、無事に両親を安心させることに成功した。

俺なりに親孝行はできただろうか？　いや、多分できてないな。だって、闇狼を見せたことによって、俺がこっそり魔術研究をやっていたことがバレて叱られたし。

今後とも、両親には心配をかけてしまいそうだ。

◆　◆　◆

両親に俺の本気を見せ、魔術研究をこっそりとしていたことがバレてから一週間と数日後。

お世話になった人たちや知り合いに別れの挨拶を済ませた俺たちは、旅に出る日を明日に控えていた。

既に準備は万端で今すぐにでも旅に出られるが、今日は俺たちの旅路を祈って我が家で宴会をするのだ。

ゼパードのおっちゃんたちや、お世話になった受付嬢のエレーナさん。それに依頼を受けたとき仲良くなった街の人たちまで。

本当に色々な人たちが集まっていた。

「うえーん！　ジークちゃんとエレノアちゃんがこの街を離れちゃうなんてー！　私悲しいよー！」

「フローラ、あなたできあがるのが早すぎますよ。でも確かに悲しいですね。赤子の頃から見てきたジーク君も、もう旅立つときが来たのですか」

「生まれた頃はあんなにちっちゃかったのに、今は立派な冒険者だ。かっこよくなったな」

「ハッハッハ！　ジークも随分と大きくなったもんだ！　冒険者になってからあっという間に旅に出ちまうなんて、子どもの成長は早いもんだぜ！　な？　デッセン」

「全くだよ。いつの間にか、親まで超えちまって大きく育った。俺もこんな風に親に見られていたのかね」

親父はそう言いながら、すさまじい速さで料理を作っていく。

俺も手伝おうとしたのだが、今日の主役なんだから大人しく祝われてこいと言われてしまった。

元々二人で回していた店だ。この程度の忙しさは特に問題ないのだろう。

そんなことを思っていると、一人のおばちゃんがこちらにやって来る。以前、庭の草取りの依頼を受けたおばちゃんだ。

「ジーク君も旅に出るんだねぇ。元気でやっておくれよ」

「おばちゃんも元気でね。庭の草取りはもうできないから、こまめに取るんだよ」

「ハッハッハ！　この老いぼれた体でがんばってみるさね。そうしても無理なら、ジーク君が帰ってくるまで大事に庭の草を取っておくよ」

「それ、取っておくの意味が違うでしょ」

その取るは、保存するという意味じゃないか？　全く、俺の帰りを待っていてくれるのは嬉しいが、帰ってきて早々庭の草取りは勘弁願いたいよ。

おばちゃんは〝バレちまったか！〟と言いながら笑うと、俺に小さな袋を渡してくる。

重さからして、多分これお金だな。餞別《せんべつ》としてくれるのか？

「旅の足しにしてくれよ。ちょいと少ないが、私からの餞別さ」

「いいの？」

「そこはありがとうと言って素直に受け取るところさね。全く、賢すぎて謙虚なのも考えものだねぇ」

おばちゃんはそう言うと、ニッコリと笑って俺の頭を優しくなでてくれる。

その顔は、まるで自分の孫を可愛がるおばあさんのようだった。

街ですれ違えば、軽い世間話をするぐらいには仲が良かったしな。一人暮らしで、旦那さんは他界。子どもは別の街に行って滅多に会えないと言っていたし、話し相手として気に入ってくれていたかもしれない。

「元気にがんばりなよ」

「この街に、俺たちの名前が轟くほどになれるよう、がんばるよ」

「ハッハッハ！　楽しみが一つ増えたね！　これはもう暫く生きなきゃダメみたいだ！」

おばちゃんはそう言うと、俺の背中を優しく叩いてその場をあとにする。

本当に愉快なおばちゃんだ。いい人と出会えてよかったよ。

そのあとも、関わりがあった人たちに応援の言葉をかけられる俺。

あまり人との交流関係がなかったエレノアは暇そうにしていたが、フローラに絡まれて大変そうであった。

酔っぱらうとウザ絡みしてくるからなフローラは。

そうして、色々な人と話していると、後ろから何者かに抱き着かれる。

〝なんだ？〟と思って抱き着いてきた人物を見ると、なんとエレノアであった。

「ひーくぅ……ん、ひひひおい……」

「何言ってんのかわからねぇよ。っていうか、酒臭いな？　おい！　誰だエレノアに酒を飲ませたのは！」

旅立ちを明日に控えているやつに酒を飲ませるなんて、非常識にもほどがある。

俺は声を張り上げるとゼパードのおっちゃんが申し訳なさそうに、フローラをつまみ上げながら近寄ってきた。

「すまんジーク。酔っぱらったフローラが飲ませたらしい。こいつはもう隔離しておくよ」

「酒癖が悪すぎるよ。二日酔いしたらどうするのさ」

「本当にすまん。エレノアの嬢ちゃんもここまで酒に弱かったとは思わなかったが」

「えへへ、ひーくー」

俺の背中に小さな胸を押し付けながら、頬擦りをするエレノア。酒臭いから全く何も感じない。というか、熱い。酒で体温が上がりすぎている。

確かに、ここまでエレノアが酒に弱いとは知らなかったな。

旅のときは、エレノアに酒を飲ませるのを禁止しよう。エレノアも酒に酔うとダル絡みするタイプなのはよくわかった。

仕方がない、エレノアはもう寝かせるか。

そう思い、エレノアをおんぶしてとりあえず俺のベッドに寝かせようと立ち上がると、今度は正面から親父が抱き着いてきた。

「ジーク！　俺は悲しいぞ！　こんなに早く街を出て行くなんてぇ！」

「……父さんも酒を飲んだのかよ。勘弁してくれ。旅へ出る前日に俺を疲れさせないでくれよ」

「ジーク！　私の可愛いジーク！　あぁエレノアちゃんも可愛い！」

「母さんまで飲んでんじゃねぇか！　ゼパードのおっちゃん！　ちょっと手伝って！」

「ハッハッハ！　親離れよりも子離れのほうが難しかったか！」

どうやら料理を作り終えて酒を飲んだ両親は、悪い方向に酔っぱらってしまったらしい。

特にお袋が酷い。俺とエレノアの頬にキスをするうえに、一回だけでは収まらない。何度も何度も、これが最後になると思っているのだろうか。

ゼパードのおっちゃんの言う通り、これじゃ両親が俺から卒業できてないな。愛されているのはわかるが、これでは旅立ちづらいよ。

俺は暴走する両親をゼパードのおっちゃんに任せると、エレノアを二階に運んでいく。

「ひーくぅ……あはひね、ふれひはっはほ」

「だからなんて言ってるのかわかんないって。呂律《ろれつ》が回ってないぞ」

「んー、ん！」

酔っぱらったエレノアは随分と可愛らしいんだな。何を言っているのか全くわからんし、ダル絡みしてくるが。

俺は自分の部屋に辿り着くと、エレノアをベッドに下ろそうとする。しかし、エレノアは俺から手を離すことはなかった。

「エレノア？　離してくれないと寝られないぞ」

「ひっひょひへる」

「ごめん、なんて言ってるのかわからん」

困ったな。このままだと戻れないぞ……いや、俺ももう寝るか。明日のためにも今日は早く寝てしまおう。

俺は魔術を使って簡単に身なりを綺麗にすると、俺の背中から離れないエレノアと一緒にベッドへ横たわる。

まるで俺が抱き枕みたいな扱いだな。

「このまま寝るけどいいか？　エレノア」

「ん」

「その〝ん〟は同意と捉えるぞ。朝起きて文句言ってくんなよー」

酔っぱらいに言っても明日には忘れてそうだけどな。

俺はそう思いながら目を閉じると、静かに呟いた。

「お休みエレノア」

「おやふひ、ひーく。はふけへふれへ、あひはほう」

寝る前に言ったエレノアの言葉だけは、なぜか理解できた。

〝お休み、ジーク。助けてくれて、ありがとう〟

俺は心の中で、こちらこそパーティーを組んでくれてありがとうと思いながら、眠りにつくのであった。

◆　◆　◆

翌朝、目を覚ますと俺の前にはエレノアがいた。エレノアは少しぼさぼさとしている髪を直しながら俺が起きたことに気が付くと、優しい笑みを浮かべる。

そういえば、昨日は酔っぱらったエレノアと一緒に寝たんだっけ。俺は完全に抱き枕だったな。

「おはようジーク。昨日のことをあまり覚えてないのだけれど、何があったのかしら？」

「おはようエレノア。昨日はエレノアが酒を飲んで大変だったんだよ。呂律が回ってなくて何を言ってるのかわかんなかったし、顔が真っ赤だったから心配したぞ。二日酔いで旅に出れるのかってね」

「迷惑をかけたみたいね……ごめんなさい。全く記憶がないわ」

「とりあえず、エレノアは今後酒を飲むのは禁止ね。今回は二日酔いしていないけど、次もそうなるとは限らないし」

「本当に気を付けるわ。フローラさんに勧められてつい口にしてしまったの。お酒は怖いわね」

エレノアはそう言うと、ベッドから立ち上がってゆっくりと体をほぐす。

そして、思い出したかのように言った。

「あ、荷物が全部家に置きっぱなしね。今すぐに取ってくるわ」

「そんな焦らなくていいよ。ゆっくり行こうぜ……って、もういないし」

エレノアの行動力はこういうとき早いよな。俺はあまりせっかちなタイプではないから気にしないが、エレノアは少しせっかちである。

暫くすると、エレノアが戻ってくる。準備を終えてしっかりとしたリュックを背負ったエレノアは、少し楽しそうであった。

「朝食は用意されているけど、シャルルさんたちがいないわね」

「別れは門の前でってことなんだろうな。腹ごしらえしてから行こうか。暫くは、このご飯も食べられなくなる」

「そうね。ゆっくりと味わいましょうか」

既に用意されていた朝食に手を付ける俺とエレノア。これで暫く両親の手料理を食べられないと思うと、少し寂しくなる。

普段ならばエレノアと会話しながら食べる朝食も、この日ばかりは静かに味を堪能した。

なんてことはないただのサンドイッチ。我が家特性のタレがかかったこのサンドイッチを食べるのも、今日で一旦お預けか。

ゆっくりと朝食を食べ終えた俺たちは、ご馳走様と両手を合わせて頭を下げたあと、荷物を持って家を出ていく。

目指す街は北側にあるので、北門から出ないとな。

「これで、この街ともお別れか。一二年間、世話になったな」

「そうね。次の拠点となるダンジョンの街、レルベンもこんな感じだといいけど」

「実際にレルベンに行ったやつから聞いた話だと、弱肉強食が顕著な街らしいな。この街よりも大きいし、冒険者の街なんて言われるほど冒険者が多く集まるんだ。少なくとも、俺たちが一日帰らなかっただけで大騒ぎするような街ではないと思うぞ」

「私だけだったら、そこまで大騒ぎしてないと思うわ。ジークがこの街の人々に好かれすぎているだけよ」

「そりゃ、魔術学院を出てもぼっちでいるやつよりかは人望はあるさ」

「喧嘩売ってる？　買うわよ？」

「勝てないくせによく言うよ。レルベンでは多少の人脈は作っておこうな」

トンファーを構え、敵意を露わにするエレノアを笑いながら受け流すと北門が見えてくる。

北門の前にはたくさんの人が集まっており、そのほとんどが顔見知りだった。というか、昨日合ったやつらばかりだな。

その代表であるゼパードのおっちゃんは、俺たちを見つけるといつものように怖い笑みを浮かべながらこちらへやって来る。

「よう。ジーク坊ちゃん。昨日はよく眠れたか？」

「おかげ様でね。エレノアが酔っ払ったときは焦ったけど」

「ハッハッハ！　あのときのエレノアは傑作だったな！　甘える猫のように、ジークにベタベタしていたぞ」

「ゼパードさん。そんなに私、酷かったんですか？」

「そりゃもう！　ずっとジークの後ろでむ――――あだァ!?」

何かを語ろうとしたゼパードのおっちゃんだったが、その言葉はフローラとラステルの鉄拳によって中断される。

大丈夫か？　〝ゴン！〟という重音が響いたのだが。

「ゼパード？　こんなときまでデリカシーのないのはダメだよ？　そんなんだから、狙ってた子にフられるんだよ」

「全くです。ゼパード、あなたは一度、神のもとで人の心を学んだほうがいいですよ。というか、今から学びに行きましょう。ほら、行きますよ」

「ちょ、待って。俺、教会は好きじゃないんだ」

「仮にもシスターの前で神への冒涜。これは説教を聞かせるのも必要ですかね？」

「ちょ！　本当に待て！　説教でも説法でもあとで聞くから、餞別だけは渡させろ！」

さりげなくゼパードがまた失恋していたことを明かされ、教会に引きずられていくことになりそうだったが、ゼパードはなんとか二人から逃げ出すと俺とエレノアに一つずつ液体の入った瓶を渡してきた。

真っ赤な血のような液体だ。これは、薬草から作られるポーションかな？

「これは？」

「餞別だ。欠損以外の傷ならどんなものでも治せる上級回復ポーション。いざというときに使いな」

「いいの？　結構高かったはずだけど……」

大抵の傷を治せるこのポーションは、今の俺の貯金をもってしても買えない超高級品だったはずだ。その効果は絶大だが、一本使うだけで赤字が確定するような品物である。

ゼパードを見れば、彼は笑顔を浮かべながら俺とエレノアの頭を優しくなでた。

普段のように髪をぐしゃぐしゃにするのではなく、大切な宝物を壊さないように慎重に温かくなでてくれている。

「いいんだよ。友人の子どもと、そのパーティーメンバーなんだぞ？　多少の奮発はするさ。それよりも、約束しろ。何があっても死なないってな」

「大丈夫、俺もエレノアも死なないよ。寿命を全《まっと》うして死ぬさ」

「私もです。少なくとも、ジークより先には死にません」

「それでいい。世界を回って満足したらまた戻ってこい。この街は、いつでもお前たちの帰りを待ってるからな」

ゼパードは名残惜《なごり》しそうに俺たちの頭から手を離すと、後ろに回って俺たちの背中を優しく押す。

暗に〝歩け〟と言われた俺たちは、様々な人から声をかけられながら人によって自然とできた道を歩いていく。

そして、最後に待っていたのは俺の両親だった。

「ジーク、無事でいろよ」

「大丈夫だよ父さん。少なくとも、父さんよりも弱いやつには負けないから」

「そうか。だが、油断は禁物だぞ。世の中にはお前たちが思いつかないほど卑怯な手で、貶めようとするやつがごまんといるからな」

「うん。気を付ける」

「それと、エレノア。こんなバカ息子だが、よろしく頼む」

「はい。何があっても死なせません」

頼もしい返事だ。俺の背中は預けたよ相棒。

俺は何も言わず、ただ静かにしているだけだった。

親父が言いたいことを言い終えると、次はお袋だ。お袋の手には質の良さそうなナイフが握られている。

「はいコレ。ジークへの餞別よ。ミスリルと鉄の合金で作られたナイフ。お父さんが昔使ってたものね」

「ありがとう母さん。できれば、荷物整理しているときに欲しかったな」

「あら、生意気な子ね……気を付けなさい。世界は自由だけど、その分悪意に満ち溢れているわ」

「気を付けるよ」

「それとエレノア、あなたにはこれを」

お袋はそう言って指輪をエレノアの右中指にはめる。

なんの変哲もない普通の指輪に見えるが、そんな物をエレノアに餞別として渡すわけがない。

「コレは？」

「私が昔使ってた指輪型の魔術媒介よ。杖に比べれば効率は落ちるけど、それなりに使えるはずだわ」

「いいんですか？　私にこんな貴重な物を渡してしまって……」

「いいのよいいのよ。ジークの面倒見賃とでも思ってくれればいいわ。この子、いっつも心配ばかりかけるんだから」

お袋はそう言うと、俺とエレノアを優しく抱きしめる。

これが最後の抱擁になるかもしれない。そう思うと、胸にこみ上げてくるものがあった。

「二人とも、無事でね。いつかまた顔を見せてちょうだい」

「わかった。今までありがとう父さん、母さん」

「我が子でもない私にここまで優しくしてくれてありがとうございます。シャルルさん、デッセンさん。必ず帰ってきます。ジークと一緒に」

「……気を付けろよ」

こうして、俺とエレノアは街の人々に見送られながらエドナスの街を旅立つ。

本当に楽しく、色々な経験をした一二年間であった。そして、ここから俺たちの旅は始まる。

さあ、放置ゲー理論を証明しに行こう。そのためにも、まずは新しい狩場からだ。

爽やかな風が吹く中、俺とエレノアは暫く何も語らず胸の中にある思い出に浸るのであった。

《了》

あとがき

こんにちは。杯雪乃です。

はじめましての方も、ネット連載時からお付き合いいただいている方も、この本を手に取っていただきありがとうございます。

もう買ったよ！　という方は、友人に布教してください。

今、本屋さんで立ち読みしているそこのあなた、この本を持ってレジへ行きましょう。そこがスタートラインなのです！

要は、ぜひ買ってくださいということですね。お願いします。

さて、この小説は『カクヨム』様で投稿していたお話を改稿したものとなっております。

正直に言うと、めちゃくちゃ書籍化してみたかった。

小説を投稿したことがある方はわかると思いますが、そりゃ夢の一つや二つぐらい見るよ。人間だもの。

もちろん趣味でしかないんですが、ワンチャンを期待してしまうのが人の性《さが》。なるほど、欲という言葉が生まれるわけだ。

徐々にランキングを駆け上がり、書籍化の打診が来たときは本当にうれしかったです。

狂喜乱舞した記憶があります。私、傍から見たらやばいやつだな？

まだ胸を張って『小説家』と名乗れる自信はありませんが、いつの日か名乗れるよう、これからも努力したいと思います。

最後に感謝の言葉を。

右も左もわからない私を導いてくださった編集のMさん。本当にありがとうございます。

可愛すぎるジークやエレノアを描いてくださったフルーツパンチ様。イラストができあがったときはずっとニヤニヤしていました。本当に可愛すぎて、ありがとうございます。

また、出版に関わってくださった全ての皆様。

そして、この本を手に取ってくれた、ネット投稿の頃から応援してくれた読者の皆様。

心の底から感謝しております。

また、次の機会にお会いしましょう！

最後まで読んでくださり、ありがとうございました！

杯雪乃

唯一無二の最強テイマー
～国の全てのギルドで門前払いされたから、
他国に行ってスローライフします～
原作：赤金武蔵　漫画：田村紘一
キャラクター原案：LLLthika
異世界還りのおっさんは
終末世界で無双する
原作：羽々音色　漫画：ダンタガワ
ジャガイモ農家の村娘、
剣神と謳われるまで。
原作：有郷　葉　漫画：たぢまよしかづ
キャラクター原案：黒兎ゆう

雷帝と呼ばれた
最強冒険者、
魔術学院に入学して
一切の遠慮なく無双する
原作：五月蒼　漫画：こばしがわ
キャラクター原案：マニャ子
どれだけ努力しても
万年レベル0の俺は
追放された
原作：蓮池タロウ　漫画：そらモチ
モブ高生の俺でも冒険者になれば
リア充になれますか？
原作：百均　漫画：さぎやまれん　キャラクター原案：hai
COMIC
NOVA
ノヴァ
https://www.123hon.com/nova/
話題の作品
続々連載開始!!

異世界に放置ゲー理論を持ち込んだら世界最強になれる説 1

発　行
2024年10月15日　初版発行

著　者
杯雪乃

発行人
山崎　篤

発行・発売
株式会社一二三書房
〒101-0003　東京都千代田区一ツ橋 2-4-3 光文恒産ビル
03-3265-1881

編集協力
株式会社パルプライド

印　刷
中央精版印刷株式会社

作品の感想、ファンレターをお待ちしております。
〒101-0003　東京都千代田区一ツ橋 2-4-3 光文恒産ビル
株式会社一二三書房
杯雪乃 先生／フルーツパンチ 先生

Printed in Japan, ISBN 978-4-8242-0307-6 C0093
※本書は小説投稿サイト「カクヨム」（https://kakuyomu.jp/）に
掲載された作品を加筆修正し書籍化したものです。